UMA OUTRA DIMENSÃO

Luiza Lobo

contos

UMA OUTRA DIMENSÃO

MINOTAURO

Uma outra dimensão

Minotauro é um selo da Editora Almedina **Brasil** do Grupo Editorial Alta Books (STARLIN ALTA EDITORA E CONSULTORIA LTDA).

ISBN: 978-65-614-3051-7

Impresso no Brasil — 1ª Edição, 2025 — Edição revisada conforme o Acordo Ortográfico da Língua Portuguesa de 2009.

Dados Internacionais de Catalogação na Publicação (CIP)

L787u

1.ed.- Lobo, Luiza.

Uma outra dimensão: contos / Luiza Lobo. - Rio de Janeiro: Minotauro, 2025.

240 p.; 15,7 x 23 cm.

ISBN 978-65-614-3051-7

1. Contos brasileiros. 2. Literatura contemporânea. 3. Ficção fantástica. I. Título.

CDD 869.933

Índice para catálogo sistemático:

1. Contos brasileiros contemporâneos - 869.933

Almedina Brasil é uma Editora do Grupo Editorial Alta Books

Produção Editorial: Grupo Editorial Alta Books
Diretor Editorial: Anderson Vieira
Vendas Governamentais: Cristiane Mutüs
Produtora Editorial: Luna Bolina

Revisão Gramatical: Maria Beatriz de Medina e Carol Colffield
Diagramação: Fernando Ribeiro
Capa: Tatiana Lopes de Paiva

ALTA BOOKS
GRUPO EDITORIAL

Rua Viúva Cláudio, 291 — Bairro Industrial do Jacaré
CEP: 20.970-031 — Rio de Janeiro (RJ)
Tels.: (21) 3278-8069 / 3278-8419
www.altabooks.com.br — altabooks@altabooks.com.br
Ouvidoria: ouvidoria@altabooks.com.br

Editora **afiliada à:**

ASSOCIADO

SUMÁRIO

ESTRANHA APARIÇÃO

"Não me lembro de ter tremido com um relato supersticioso nem com a aparição de um espírito. A escuridão não tinha efeito sobre minha fantasia, e um cemitério para mim era meramente o receptáculo de corpos privados de vida..."

Naquela manhã fria e úmida, todos os condôminos que estavam em casa receberam a visita do porteiro, altíssimo e desajeitado, que entregava de porta em porta um aviso especial:

"Pedimos encarecidamente a todos os condôminos que respeitem o Regulamento deste Condomínio e não permitam a entrada de animais silvestres em suas residências, devido ao perigo de contaminação por raiva e outras doenças. Alertamos a todos que avisem aos porteiros, ao administrador ou ao Sr. Síndico se tiverem conhecimento de que algum condômino está desobedecendo a essa proibição".

É claro que o "Aviso" não vinha escrito em português correto assim, como notou a vizinha do 503, Dona Sônia, uma professora primária aposentada que abanou a cabeça em sinal de desaprovação ao ver a quantidade de erros de ortografia, acentuação, concordância e regência verbal que continha.

Também era verdade que o "Aviso" era bastante inócuo, pois muito poucas pessoas se davam ao trabalho de ler esse tipo de coisa no prédio. Ler era tão cansativo! Mas algum morador que tivesse "dardejado" um olhar que fosse ao papel, sem dúvida, o acharia muito, mas muito estranho mesmo. Ela era uma das raras cidadãs que ainda lia alguma coisa, nem que fosse para defender seu bolso contra aquele constante assalto chamado taxa de condomínio.

(Por que o presidente não fazia alguma coisa a respeito? Um homem tão culto, tão bonito! Que desgraça ser viúva e professora aposentada! Quem cuidaria dela quando não pudesse mais costurar para fora e complementar o ridículo salário de fome?).

Vivendo sozinha, quando não estava curvada sobre a máquina de costura, debruçava-se para fora da janela. Como o prédio dava para uma floresta, diziam os fofoqueiros que seu único interesse em ficar espichada ali era captar trechos de frases, brigas, músicas, sussurros, confissões dos vizinhos. Certa noite ficara acompanhando as imagens dos recém-casados do apartamento de baixo se beijando sendo refletidas no escuro das árvores, como num teatro de sombras. Nunca mais o teatro de sombras se repetira, agora só ouvia discussões sobre tudo.

Entretanto, Dona Sônia percebera que os vizinhos do 603, um andar acima do seu, haviam puxado um cipó da floresta e criado uma espécie de ponte de corda para macacos até dentro do apartamento. Ah! Então era por causa daquela gente do 603 que mandaram o tal aviso! É uma gentinha de bem pouca laia. Por isso não gostava de pilotos, aeromoças, comissários (assim como vendedoras de cosméticos, mensageiros de firmas, especialmente multinacionais, e faxineiras, enfim, uma caterva). Com certeza estavam trazendo macacos para dentro do apartamento!

Era só o que faltava! Vira como colocaram bananas descascadas em cima do ar-condicionado. Um nojo! Isso chamava muitas moscas, baratas e até morcegos frutívoros. Felizmente, até ali não apareceram ratos — sorte que ratos não voavam! Mas não eram os morcegos ratos mamíferos voadores? E que antiecológico! Em breve os bichinhos já não saberiam se alimentar sozinhos na floresta! Era o mesmo crime que faziam com os beija-flores, colocando água com ou sem açúcar naqueles copinhos de plástico imundos, imitando flores, que lhes transmitiam uma doença horrível, que se desenvolvia embaixo da linguinha deles. Mesmo se os copinhos fossem limpos, os bichinhos desaprendiam a se alimentar sozinhos na natureza (tão perigosa a natureza, mas dá a força da subsistência e o sentido da vida).

Mesmo aposentada, Dona Sônia continuava a dar aulas para seus invisíveis pupilos. Gostaria de continuar sendo professora particular, para complementar o salário — mas o salário — e aí retomava o mesmo círculo de pensamentos que assola todos os brasileiros, porque o salário, o salário, o salário, e se Raimundo fosse vivo, e voltava a pensar nas mesmas coisas — e voltava para a máquina de costura, agora, depois do aviso do Sr. Síndico — El Cínico! — este era o pior de todos, disparado! Até salário de quase três mil dólares a Máfia do prédio tinha lhe arrumado! E o homem não colocava mais o nariz no prédio desde que lhe deram esse salário mirabolante!

Enquanto isso, ela ganhava 300 dólares por mês, para o resto da vida! E a pensão do marido era só de 200! Um técnico tão capaz, mas o salário... E agora dona Sônia voltava a pensar nas baratas e morcegos; não resistiu e foi verificar se algum macaco já se equilibrava no cipó, como num circo, até o apartamento daquela sirigaita do 603. Os macacos adoravam dias frios para aparecer. No verão se internavam lá no alto do Silvestre, deviam temer o calor carioca. Só ela aguentava aquela cruz calada, pois não poderia pagar a conta de luz se ligasse o ventilador. Porque o salário...

Mas nenhum macaquinho apareceu naquele dia. E este se arrastou lento e chuvoso, uma chuvinha fina e constante, aborrecida, anunciando a certeza de que o dia seguinte seria igual ao anterior, igualzinho.

⁂

No 603, Sofia sentia profundo tédio com sua vida de casada, trancafiada naquele apartamento que dava para a floresta. Às vezes ouvia os fogos vindos dos lados da favela do Borel, anunciando a chegada das drogas, mas era só. Silêncio absoluto a maior parte do tempo. Não podia ficar à janela, apreciando o trânsito, as modas, a velocidade, quem sabe olhando um ou outro "gato" interessante. Só aquela monótona floresta! Uma verdadeira prisão! E seu marido, muito ciumento, a tratava como um árabe! Um verdadeiro Mouro de Veneza! Sim, porque Sofia era daquelas raras pessoas que se aborreciam com televisão, vídeo, rádio, todos esses confortos da cidade moderna e... é claro que não dizia isso aos quatro ventos, mas... lia! Era bom que suas poucas amigas do tempo de colégio não descobrissem. Poderiam contar para o Roberto, que ficaria uma bala com ela!

O ideal de Roberto era que ela não saísse nunca. Nem lesse. Ele providenciara o telefone da mercearia, do açougue, da farmácia, para entregarem o que fosse preciso em casa, evitando que saísse muito. E dera ordens a todos os porteiros para espioná-la; era vergonhoso, espioná-la! Às vezes ouvia passos no corredor e, chegando ao olho mágico, via algum vulto escondido por ali. Deviam ser eles ou as empregadas da vizinha para ouvirem à sua porta e saberem se recebia pessoas. Roberto era um louco sádico! E pensar que em suas mãos estava a vida de centenas de passageiros! Às vezes lhe tinha tanto ódio que pensava em enviar uma carta anônima à companhia aérea avisando do perigo que corriam entregando um aparelho na mão daquele alucinado.

Quando chegava de suas viagens quinzenais, parecia um cão perdigueiro. Saía cheirando a casa toda, os cômodos, a toalha do banheiro. “E desta vez? Não recebeu ninguém aqui não, não é? Ai de você se eu descobrir que alguém entrou aqui!”

Ela pensava em se divorciar dele, mas para onde iria? Apaixonada, largara a faculdade e agora só poderia ser balconista. Tudo acontecera tão depressa, se conheceram num baile de formatura, namoraram e se casaram, e ele escolhera aquele apartamento nojentamente isolado para trancafiá-la! E isso acontecera, com certeza, por ela ter tido um pai militar. Tinha-lhe tanto horror que a primeira oportunidade de paixão fora suficiente para largar a família e se casar com um mínimo de dignidade.

No entanto, mal conhecera o marido antes de se casar. E agora, para se separar? Tinha medo, muito medo dele. E talvez um dia tivesse de voltar a morar na casa do pai, igualmente truculento. Um dia o marido lhe bateu no rosto enquanto trepavam. Um horror. Um mequetrefe. Teve de se esconder dos porteiros por quinze dias, o olho roxo, a cara inchada. E ele saía todo perfumado, engalanado, para seus voos. Devia ter uma amante em cada aeroporto. Pois era todo empertigado, falando línguas estrangeiras, cheio de si. Mas os olhos eram de louco, negros e brilhantes como se quisessem perfurá-la como um canivete afiado. São coisas que não se veem logo.

Para afastar o tédio, enquanto molha as plantas, se lastimando e chorando pela vida desperdiçada (antes tivesse ficado com o pai, ao menos ele morreria antes dela), Sofia se lembrava do tempo em que este trabalhara num posto militar na fronteira com a Venezuela e que ela se acostumara então com os animais da floresta, como pudera conversar com os bichos, que vinham comer na sua mão. O pai (viúvo) era uma fera, com seu treinamento militar para todas as horas. Marcava o horário até de ela escovar os dentes, pentear o cabelo, tomar banho. É, teve de se casar. E, entregue a seus pensamentos, percebeu que os macaquinhos estavam cercando a mãe deles, que arrancava coquinhos da palmeira para lhes dar de comer. Como gostaria de ser um deles e ir pulando de galho em galho, subindo, adentrando a floresta, sem ter de se esconder de tudo e de todos, com medo de ser morta por seu próprio marido! Como se livraria dele?

Sofia fazia estranhos ruídos com os lábios que os macaquinhos pareciam entender. Aprendera a falar com os bichos na floresta. Eles ouviam um pouco, e depois, inclinando a cabeça, inteligentes, conversavam entre si, soltando altos guinchos. Agora ela balançava o cipó, como se os chamasse para dentro do apartamento, pedindo-lhes auxílio contra a solidão. Mas parece até que eles tinham lido o "Aviso" do infame síndico, porque não davam um passo à frente sobre o abismo, dependurando-se no cipó rumo ao conforto de seu apartamento.

Porque Sofia ignorava solenemente todos aqueles avisos do condomínio que colocavam debaixo de sua porta. Nunca abria a porta para o porteiro-chefe, que era o espião-mor de seu marido.

Atirou um amendoim para um esquilo que roía a raiz de uma árvore. E observou durante muito tempo um camaleão que vivia cavando a terra, ouvindo o ruído ritmado que fazia, e a levava de volta aos bailes de espadim de formatura da Aeronáutica, que frequentava aos quinze anos.

⁂

Era uma noite de lua cheia, a floresta parecia viva e desperta, tatus, gambás e grilos faziam seus ruídos típicos da noite. Sofia não conseguia dormir. O marido partira havia dois dias. Novamente lhe batera no rosto ao fazer sexo. Ele dizia que isso o excitava, mas ela achava que era mentira. Batia-lhe porque era mau. Mau e perverso. Perverso, sádico e insaciável. Tinha a impressão de que ele só conseguia gozar com o seu sofrimento. Felizmente ficava pouco em casa, e agora já estava longe, muito longe dali, e, se não fosse pelos outros passageiros, como lhe agradaria imaginar a sua morte, explodindo num jato ou se arrebentando de encontro a uma montanha de pedra bem dura!

Mas era difícil deixar de pensar em Roberto, em cada detalhe de seu rosto expressivo, os olhos lhe perfurando o cérebro, como querendo descobrir mentiras escondidas em seus miolos. Ah! sim, claro que havia mentiras. Por exemplo, debaixo do colchão ela escondia um livro de Mary Shelley sobre um monstro, um monstro tão mau quanto seu marido, a quem ela intimamente chamava de Frankenstein.

E, desistindo de reatar o sono, após acordar sobressaltada com a claridade da lua na floresta e os sons estridentes dos grilos, leu:

"Foi com esses sentimentos que comecei a criar um ser humano. À medida que a precisão das partes constituía um grande empecilho para minha rapidez, resolvi, contrariamente à minha primeira intenção, criar um ser de estatura gigantesca, quer dizer, com cerca de dois metros de altura, e proporcionalmente grande. Depois de tomar essa decisão, e tendo passado alguns meses coligindo e arrumando meus materiais, pus-me à obra.

"Ninguém poderia conceber a variedade de sentimentos que me levava adiante, como um furacão, no entusiasmo inicial do sucesso. A vida e a morte me pareceram elos ideais, que eu deveria romper, e despejar uma torrente de luz em nosso mundo obscuro. Uma nova espécie me abençoaria como sua origem e seu criador; muitas naturezas felizes e excelentes deveriam sua vida a mim. Nenhum pai poderia reivindicar a gratidão de seu filho tão completamente como eu a mereceria. Prosseguindo nessas reflexões, pensei que, se pudesse conceder movimento à matéria inerte, poderia também, com o correr do tempo (embora naquele instante eu o considerasse impossível), renovar a vida onde a morte tinha, aparentemente, devotado o corpo à deterioração."

Sofia ficou transtornada com esse trecho de Mary Shelley. De repente, ela sentiu, para além da realidade macabra de Roberto, que poderia engendrar um ser totalmente seu, dentro do seu próprio útero. Entusiasmada, levada pela luz da lua, levantou-se da cama na brilhante camisola de cetim branco, e foi então que o viu. Ali, na floresta, envolto pela luz da lua, mas perfeitamente visível, estava um grande macaco a olhá-la, de forma paternal, quase humana. Tinha a cabeça ligeiramente inclinada para o ombro esquerdo, e parecia, dentre todas aquelas janelas do enorme condomínio, estar mirando exatamente a sua. Ela correu até a sala e se debruçou no parapeito, deixando que os seios saíssem do fino tecido de renda que mal a protegia da noite fria. Sofia foi tomada por um sentimento de profundo carinho pelo estranho animal semi-humano, coberto de pelos, que a olhava por entre as folhagens, e agarrou da fruteira da mesa uma banana, que lhe ofereceu à luz da lua.

Foi naquele momento que decidiu chamá-lo de Roberto. Um Roberto sem colarinho, sem gravata nem galardões, sem sapatos de verniz e sem a odienta maletinha de piloto atrás de si, como um buldogue. Ao ver a banana, Roberto, ignorando os perigos do abismo e o chão de cimento lá embaixo, se precipitou exímia e simiescamente pelo cipó e, em segundos, como um herói ou Tarzan, encontrava-se ao lado dela, agarrando a banana, descascando-a e devorando-a de uma só vez. Sentou-se no parapeito por alguns segundos, cheio de apetite, mas logo, apavorado, se lançou de volta à segurança da floresta, que o tragou. Sofia suspirou ao observar toda aquela liberdade de ir e vir, de agir e de movimentar-se.

Voltando ao leito solitário, retomou a leitura. E, invadida por uma estranha sensação de compreensão da alma animal, sentiu que Roberto poderia, naquele mesmo instante, pensar as mesmas palavras monstruosas que exprimia o pobre monstro criado pelo Dr. Frankenstein:

> *"É com grande dificuldade que me lembro da era original do meu ser: todos os acontecimentos daquele primeiro período me parecem confusos e indistintos. Uma estranha multiplicidade de sensações se apoderava de mim, e eu vi, senti, ouvi e cheirei ao mesmo tempo; e passou-se, sem dúvida, muito tempo até*

que eu aprendesse a distinguir as diversas operações de meus sentidos. Gradualmente, eu me lembro, uma luz mais forte pressionou-me os nervos, de modo que fui obrigado a fechar os olhos. A escuridão então me cobriu e me perturbou, mas mal senti isso quando, ao abrir os olhos, conjecturo agora, a luz se despejou novamente sobre mim. Caminhei, imagino, descendo, mas logo encontrei grande alteração nas minhas sensações. Antes, corpos sombrios e opacos tinham me circundado, inacessíveis a meu tato ou visão; mas agora pareceu-me que eu poderia caminhar para a liberdade, e que não haveria obstáculo que não pudesse superar ou evitar."

Sofia, acariciando o próprio corpo, se sentiu também como Frankenstein, não o criador, mas a criatura, e assim como Roberto se afundava na sua alma, transformando sua vida, ela também imergia na de Roberto como um longo e primevo despertar para a vida na floresta. Até então não vivera. Sentira, ouvira e cheirara pela primeira vez naquele rápido momento em que ele se sentara no parapeito de sua janela. Mas aqueles segundos mudariam sua vida para sempre, bem o sabia.

Deixou-se embalar pelo ruído dos grilos da noite, imaginando que Roberto voltaria pela janela da sala, que deixara aberta, e a cobriria com seu corpo peludo. Pensou mesmo em puxar um cipó para a janela do quarto, mas isto poderia chamar a atenção dos vizinhos, principalmente da professora intrometida do andar de baixo.

No dia seguinte, por algum estranho impulso, resolveu arrumar a mesa do café para dois. Vestira o quimono de seda que, nesta estação mais fria do ano, já podia se permitir usar, calçou as gordas pantufas rechonchudas, e rapidamente agarrou o jornal de baixo do capacho da porta, com medo de que algum vizinho a visse de penhoar. Pousando as pontinhas dos chinelos sobre a mesa, ela mastigava palitinhos de queijo enquanto lançava um olhar *blasé* às terríveis notícias habituais do país: massacres de indígenas, mais um adiamento da reforma agrária, assassinatos de crianças de rua, escolas despencando sobre a cabeça dos alunos, livros escolares que deveriam ser distribuídos gratuitamente pelo governo sendo-lhes vendidos ilegalmente, roubo de merenda escolar, desvio de verbas públicas, mortes de doentes nas filas dos hospitais... uma verdadeira casa da mãe Joana.

Como a cansava morar num país do Terceiro Mundo! Sentia um profundo desprezo pela incompetência geral de resolver qualquer problema, o individualismo que levava ao roubo para fins pessoais e... mas um ruído lhe tirou os olhos da leitura. À sua frente estava... Roberto. Com um grito de susto e alegria, atirou-se em seus braços. Roberto correspondeu a seu abraço com um ar um pouco desinteressado e se lançou à mesa do café. Ela precisou ser muito ágil para que ele não derrubasse o bule sobre a toalha branca.

— Roberto, cuidado, assim não!

Ele, contudo, sujou a toalha, pois suas patas não estavam impecavelmente limpas. Ela se dirigiu carinhosamente a ele e o conduziu, pelas axilas, até o banheiro, onde lhe lavou as mãos. Ele era bem mais alto que ela. Devia ter "uns dois metros de altura, e o corpo lhe era proporcional". A água fria o fez soltar um grunhido, o que a assustou um pouco. Depois permitiu que ele voltasse à mesa correndo, pois não havia nada de quebrar no corredor. Ele agarrou uma dúzia de biscoitos de queijo e os comeu de uma bocada só.

— Roberto, não, assim não, como você é espontâneo! Você precisa se conter um pouco! Não coma com os pés, assim não! Com as mãos, você está sentado à mesa, não dependurado numa árvore.

Roberto não parecia se incomodar muito com o que ela dizia, e ela ficou encantada de poder conversar com ele normalmente, não de forma autoritária, como se faz com animais, mas como se fala, carinhosamente, com os pequeninos seres humanos em formação.

⁂

No retorno do marido, Sofia achava difícil disfarçar dele a profunda transformação que se passara em seu interior. Sua vida se tornara adorável. Indiferente à presença do marido, à noite, sempre em horas inesperadas, Roberto descia pelo cipó, vindo das alturas das árvores; ou, na ausência dele, aparecia e se sentava em sua cama. Ela lhe contava trechos de Mary Shelley. Ele parecia se deliciar especialmente com o estilo feminino da narrativa, as imagens personalistas, a perspectiva uterina, imaginária, interior, própria da confissão autobiográfica. Sofia e Roberto se tornaram um só.

O marido era tomado de um ciúme doentio pela alegria da esposa, sua boa disposição, sua beleza, sua pele morena e cabelos brilhantes, justamente quando ele se encontrava distante da cidade. Possuído por um ciúme animalesco, irracional, e batendo com as mãos no peito, como um gorila, ameaçava estrangulá-la se ela insistisse em humilhá-lo tendo algum amante. Ela procurava convencê-lo de que estava feliz com seu retorno, embora fosse extremamente difícil, pois ele se achava muito longe da compreensão da linguagem humana.

Passaram-se dois ou três meses nessa situação quase insustentável em que o marido, tomado por repentinas iras, costumava quebrar a louça da mesa do café, parecendo incapaz de segurar uma xícara pela alça ou uma faca convenientemente. Ela não ousava reclamar nem censurar nada, com medo de seus modos violentos e brutais.

Certa manhã, quando ele partia, ela lhe deu a notícia, já confirmada pelo ginecologista: Estava grávida! Os olhos dele se esbugalharam, da porta. Então, iam ter um filho? Pois, naturalmente! Os olhos dele soltaram chispas doentias de ciúme. Ele não aceitava a ideia de ter que disputar a atenção dela com um filho. Calado, sem um comentário, partiu. Ela sorria satisfeita, envolta em seu penhoar de seda japonês.

⁂

O nascimento da criança provocou grande estardalhaço no condomínio. Vizinhos apareceram de diversos apartamentos trazendo toalhas de banho, fraldas, mamadeiras, flores. Sofia jamais imaginara que pudessem gostar tanto dela. Todos entravam, espiavam o bebê no berço e saíam alguns minutos depois, atarefados. Foi realmente a chegada da professora aposentada, Dona Sonia, que causou toda a perturbação.

— Mas ele é coberto de pelos de macaco! É um bebê-macaco, não é filho de homem! — Enquanto falava, a lembrança do "Aviso" do maldito síndico ocorreu à mente da velha. Foi recuando, saindo de costas do apartamento, escandalizada.

Mas o leite estava derramado. O marido, nervoso, se atirou ao berço, fora de si.

— O que significa isso? Filho de macaco? O que significa isso? — gritava, com voz suficientemente alta para ser ouvido por todos os blocos do imenso condomínio. — Seus olhos se voltaram para Roberto, que lia um livro no sofá, com seus chinelos. Seria difícil explicar como tinham chegado àquele ponto. Porque Sofia se fora acostumando à presença do animal. Tinha-lhe pena, nem sempre com a alimentação correta e a horas certas, na floresta. Gostava de seu ar sempre feliz e satisfeito. Mas de repente percebeu tudo e, tomando uma faca afiada da gaveta, se lançou sobre o rival. Sofia, desesperada, tentou segurar o marido, gritando muito e criando um tal espalhafato que todos os condôminos se puseram às janelas:

— Deixe-o em paz, deixe-o! Ele não tem culpa de nada! É uma pobre criatura sem consciência! Não pode ser culpado de nada!

Roberto, vendo que as coisas apertavam para o seu lado, saltou para o cipó, todo enrolado nas roupagens de cetim. Apesar de o marido Roberto ter cortado a extremidade do cipó com a faca de corte a *laser*, o outro conseguiu se agarrar a um galho de árvore e dali pôde observar o término da cena no vídeo da fatídica janela. Não entendia ainda muito bem o que acontecera, pois estava absorto pela lembrança da página que lia do livro de Mary Shelley, mas agora que a novela se desenrolava diretamente diante de seus olhos, compreendeu que Roberto assassinava sua esposa e seu filho animalescamente, com a faca afiada. O livro, largado no chão, caíra aberto numa determinada página:

> *"Sobre ele pendia uma forma que não posso encontrar palavras para descrever — gigantesca na estatura, e, contudo, desgraciosa e distorcida em suas proporções. Dobrado sobre os cadáveres, seu rosto estava escondido sob longas madeixas de cabelos ásperos; mas sua imensa mão estava estendida, semelhante à de uma múmia, na cor e na textura. Ao ouvir o*

som de meus passos, cessou de emitir exclamações de infortúnio e de horror, e saltou para a janela. Nunca vislumbrei uma visão tão horrível quanto sua face, de uma hediondez tão abominável, mas, contudo, tão atraente. Cerrei involuntariamente os olhos e tentei (...).”

Depois o homem, aos berros, fora de si, desesperado, pegou uma arma na gaveta e atirou em sua direção, na floresta. Lembranças imemoriais de um inconsciente coletivo simiesco o fizeram correr, saltar e fugir rapidamente dali, entre lágrimas, morro acima. Via-se expulso por tiros que vinham de todas as janelas. Alguns vizinhos enlouquecidos tinham tirado suas armas das cômodas e armários (todos tinham armas em casa, hoje em dia) e davam tiros em direção à floresta. Roberto grunhia e arrancava os pelos da cabeça, pois não suportava o barulho ensurdecedor provocado por revólveres, espingardas e metralhadoras.

Não sabia o nome daquelas armas, mas tinha a sensação de que podiam lhe fazer muito mal; de alguma forma confusa, no fundo de seu cérebro, percebia que podiam tirar-lhe a vida, alguma coisa que significava a pulsação, a sensação, a energia, o amor, tudo, tudo o que havia de mais precioso para ele. E, correndo pela terra, rolando pela lama, se atirando de um galho para outro (haviam cortado o seu cipó e o seu acesso para a vida) gritava e grunhia em meio às lágrimas: Sofia! Sofia! O que tinham feito com sua macaca Sofia e com seu filho?

Desesperado, escorraçado, temendo que alguns daqueles infames caçadores o perseguissem pela floresta, morro acima, passou a correr, fugir, quase inconsciente, chorando, a cabeça microcéfala entre as patas, mergulhando na mata; era como se soubesse as palavras dirigidas pelo monstro contra seu criador-cientista, que expressavam o que sentia em sua linguagem animal de criatura criada por sua Sofia:

> *"Maldita, maldita criadora! Por que vivi? Por que, naquele instante, por que não extingui a centelha de existência que você tão ousadamente me conferiu? Não sei dizer; o desespero ainda não tinha se apoderado de mim (...)."*

Cambaleando pela floresta, tendo perdido o sentido da vida, eterno fugitivo, noite após noite, sem mesmo se alimentar, Roberto parecia ter imergido para sempre nas sensações da sua própria natureza, uma vez que o sentido da natureza humana, seus comportamentos, suas atitudes, lhe escapavam:

> *"A lua desaparecera na noite, para reaparecer com uma forma diminuta, enquanto eu continuava na floresta. Minhas sensações desta vez se tornaram distintas, e minha mente recebia diariamente novas ideias. Meus olhos se acostumaram à luz e a distinguir objetos em suas formas corretas; eu já discernia o inseto na grama e, gradualmente, diferenciava uma grama da outra grama. Achava os tons dos trinados do pardal demasiadamente ríspidos, e os do melro e do tordo doces e atraentes."*

Sem atinar com o som e a fúria, enlouquecido num palco de folhas, gemia:

> *"Eu, miseravelmente infeliz e abandonado, sou um aborto que deve ser rejeitado, chutado e pisoteado. Agora mesmo, meu sangue ferve com a recordação de uma tal injustiça."*

Perseguido pela infelicidade de seu amor, pela lembrança da terrível cena da janela em que mãe e filho eram esfaqueados, seguida dos tiros partindo dos diversos quadradinhos dos diversos blocos, dirigidos contra ele, como uma sombra que vislumbra que a vida é um balbucio que não significa nada, Roberto jurou que jamais voltaria a se apaixonar por nenhum ser sobre a face da Terra e, urrando e molhando de lágrimas o peito, mergulhou para sempre na mata: "— Adeus! Adeus, Sofia, você foi e será o último ser humano que jamais verá estes meus olhos tão fatigados. Sofia, adeus!"

O MESTRE RADIN E SEU FALSO CADAFALSO

"Não há motivo para que um ilusionista, por mais lúcido e razoável que seja, não viva sob a crença transformada de que ele é um mágico."

O. Mannoni

O Mestre Radin é um falso mágico, pois teme o seu cadafalso falso onde amputa a cabeça dos farsantes. Ele diz: não há mistério, não há supramágica, a parapsicologia não existe, tudo não passa de truques como os que eu faço aqui, no meu falso cadafalso. O Mestre Radin é um mágico prático, um tipo totalmente norte-americano, que vive pregando pelo mundo a própria negação: não creiam em mim, ele diz ao público (escondendo-se atrás da cortina), meu segredo é não ter segredos, só tenho muita habilidade com as mãos, e preciso ganhar a vida. Sou um homem como os outros, que andou de bicicleta na infância, namorou na adolescência, e, adulto, quer sindicalizar a profissão de mágico de forma totalmente cética e asséptica: não há outro lado, só há o mesmo, a necessidade de ganhar o pão.

O Mestre Radin falou muitas outras coisas na entrevista que deu ao jornal. Chegou mesmo à incrível façanha de retirar do bolso da calça uma carteira repleta de notas, que tinha ganhado como pagamento na excursão — esse truque deixou todos boquiabertos.

— Mas como é possível? — perguntavam, embasbacados. — Como o senhor conseguiu fazer isso?

Ele sorria, vitorioso, lembrando-se dos tempos em que começara, criança, a treinar pequenos arabescos com as mãos. Uma vez colocara um chapéu na cabeça enquanto dançava tango: fora a glória — imediatamente contratado pela maior feira de diversões dos Estados Unidos, quando pudera fazer *tournées*, e assim conhecera a sua noiva e se casara.

De outra vez organizara um teatrinho de silhuetas com uma caixa de sapatos, tendo um dos lados perfurado e recoberto por papel celofane. Lá dentro os bonequinhos saltavam e dançavam, presos por arames, e vozes fantásticas saíam de seus estômagos, guturais e misteriosas. Elas falavam de uma menina que atravessara o bosque e de repente descobrira que, por mágica, sua avó se transformara num lobo. As crianças adoravam a farsa do lobo bobo que termina no fundo do lago com pedras costuradas na barriga, e pediam:

— Seu Radin, queremos mais mágicas maravilhosas como estas! O senhor é o melhor mágico do mundo!

Mestre Radin continuava a pregar a sua tese: que o mundo não era um bujão de reviravoltas ilusórias e que portanto da...

— O que o senhor está dizendo? — interrompeu um dos melhores fãs de suas demonstrações, chamado Miquelino, que aprendera mágicas com o tio, na praia do Buraquinho. — O senhor diz que o mundo não é um bujão? Mas, e se de dentro dele eu retirar a palavra bojo, como mel de bojuí, enquanto os bugiguaras gargalham, gargalham, nos galhos — e os prendo num bujão, fecho a bucha, e atiro no brejo?

— Mas isso são mágicas de dicionário! — gritou Mestre Radin indignado. — O senhor não é um mágico real. Brinca com o verdadeiro sentido da palavra!

— É? Pois vamos ver. Pegue neste lenço.

— Pronto.

— Agora faça-o desaparecer. Vamos ver se é capaz.

Mestre Radin sorriu vitorioso. Aquilo era mágica para crianças. Colocou o lenço no bolso.

— Viu?

Mas, perplexo, percebeu que o bolso estava furado, e lá estava o lenço à mostra, novamente exposto no chão — onde se abriu um enorme buraco e Mestre Radin desapareceu dentro dele por uns momentos, levando consigo a sua própria surpresa. Depois surgiu mais adiante, numa rua muito deserta. O desconhecido estava lá, esperando por ele.

— O senhor está vendo o que dá confiar totalmente na própria mágica?

— Mas se não são mágicas, e sim truques? — insistiu ele, de óculos de acrílico e barba aparada.

— É aí que vamos chegar. Se não são mágicas, por que o senhor luta pela sindicalização da classe mágica?

— Bem, é uma questão, em primeiro lugar, de direitos humanos... bem entendido; e, em segundo lugar, bem, trata-se de terminologia. Os mágicos sempre tiveram esse nome, é tradicional, não tem sentido trocá-lo.

— Se o senhor estiver numa sala sozinho, e eu abrir a porta e gritar: "Seu mágico!" O senhor não responde?

— Claro que respondo, pois se sou mágico! — disse Mestre Radin.

— Então o senhor não existe!

— Como não existo, se estou aqui?

— O senhor mesmo disse que a mágica não existe; mas se o senhor atende ao nome de uma coisa inexistente, então o senhor inexiste tanto quanto ela.

— Não senhor, a classe existe, eu é que não existo. Oh! Quer dizer, eu e a classe existimos como classificação, o que não existe é a mágica em si.

— Compreendo, o senhor quer dizer que é um elemento de um conjunto vazio.

— Como?

— Vejamos se posso lhe explicar com um exemplo: a palavra hipoloclausto não existe, não é? Poderia ser no máximo um holocausto de hipopótamos. Entendeu? Mas se, em lugar de hipoloclausto, colocarmos o nome de sua classe: mágico. Bem, a classe existe, pois acabamos de defini-la, mas quem não existe é o senhor, pois hipoloclaustos, digo, mágicos não existem.

— Hum... estou começando a achar que o senhor não é um mágico de palavras tão mau assim. Isso tudo deve advir de uma arte muito secreta. Mas continuo coerente com o meu ponto de vista, e afirmo que, por mais sutil que ela seja, não passa de uma arteirice.

— Veja, o senhor está começando a aprender a brincar com a minha mágica: a arteirice é própria do artífice — de palavras, no caso. Olhe, estive magicando...

— Esteve o quê?

— O senhor não conhece este verbo, ligado às suas próprias reivindicações? Magicando, pensando... Bem, estive magicando num certo poema que poderia lhe provar que o mundo é um "bujão de reviravoltas ilusórias".

— Vamos a isso. — E Mestre Radin sentou-se em uma cadeira de três pernas, e, esquecido de que ali não havia público, pois se tratava de uma rua deserta, ergueu-se e fez uma enorme reverência voltado para um terreno baldio, tirando mirabolantemente a cartola só com uma das mãos.

— Preste toda a atenção — disse o opositor, em tom polêmico e demoníaco:

No mundo tinha um principício
Buraco sem fundo nem fim.
No mudo profundo caiu uma pena, que
Pena, pois no fundo se precipitou
E podia cair mais leve que
O traço da própria pena.

— Está certo, mas qual é o sentido dessa história? — perguntou Mestre Radin.

— É simples. Toda a mágica se resume na palavra principício. Esta é a lenda de um príncipe que, com três ou quatro traços mágicos, ia criar o mundo — mas o quinto traço se perdeu, pois a pena caiu no buraco mudo, o que foi uma pena, isto é, todo princípio, no fundo, é um precipício para o príncipe.

— Ah, sim, agora está bem mais claro. Pois vou fazer uma dessas mágicas também. Veja o meu poema em prosa — anunciou Mestre Radin:

— Com prazer — falou o outro, o Miquelino da praia do Buraquinho.

— A tropa de tropeiros entropicou diante do tronco entrezado e entreparou: à sua entrepresa se entrepunha a entrepausa do entrenó: que entremez lhe estavam entretecendo? Entretempo se entretinham no entrecolher o entreolhar ou o entreouvir a entremesada. No entrenó, entremostrado, de entremeio, se entreluzia, entrenublado, um entresilhado entrepelado.

— Entrepelado ou atropelado? — perguntou o outro.

— Foi um caso entristecedor: perto de um entreposto em Entre Rios — entrerriano — uma tropa de tropeiros encontrou, entreturbado, um cavalo entresilhado pendurado em um trevo da árvore — explicou Mestre Radin.

— Muito bem! Agora uma adivinhação. Qual é a melhor definição de um mágico, em uma palavra só? Tem as mãos destras e rápidas no segurar, mas que pulam de um objeto a outro, incessantemente.

— É fácil! Maniprestopulador — respondeu Mestre Radin.

Na pequena cidade de Areais, os dois maniprestopuladores, agora tornados grandes amigos pela arte e manha da palavra, passaram alguns meses se dedicando a mágicas verbais até chegarem à cidadezinha de Miquelino, chamada Buraquinho, onde, por um buraco no muro, Miquelino pôde olhar a própria infância, quando seu velho tio barbudo lhe ensinara velhos truques autênticos, como tirar coelhos de uma panela cheia deles ou reger uma orquestra ausente e sem som.

Infelizmente, Mestre Radin e seu companheiro desapareceram para sempre num bueiro — pois a cidade de Buraquinho era cheia deles — e dizem que no fundo da terra ainda fazem jogos de palavras demoníacos (à boca pequena comenta-se que o segundo mágico era nada mais nada menos que o próprio Satanás).

Quem saiu perdendo foi a classe: até hoje ainda imprecam contra mágicos e circos, a apostrofar uma sindicalização indefensável. E, vez por outra, vê-se um deles percorrendo vilarejos, em parte procurando seu antigo líder Radin, em parte colhendo níqueis da boa vontade, a atravessar a perna num balde sem fundo e a retirar o pé do outro lado, arrancando da multidão que o segue risíveis e doridos ais.

AURO

E quando tu te aproximas, não vejo nem muro, nem marcas sombrias, nem manchas de umidade, nem líquens. Tu sais das próprias plantas, heras e musgos, tens todos os subterfúgios secretos da natureza noturna. És carne, és pó, és morte, és nada. Mas tens a beleza da lua nascente, crescendo atrás do telhado, entre odores de jasmins. Teu jardim não é pisoteado à noite por seres mascarados: o galo, o touro e o cavalheiro antigo com máscara de demônio — nem assustas donzelas aflitas.

Mas vives em São Cristóvão. Tens o mistério dos arrabaldes, moras entre cristaleiras cheias de conchas que buscaste no fundo do mar, há séculos. Percorres mercados árabes e feiras itinerantes e antiquários do Centro em busca de objetos de outros tempos para adornar tua fantasia. Tocas em antigos alaúdes canções de menestréis perdidos pelas ruas desertas, antes da fundação das grandes cidades. Sentas-te sobre o estofado de cetim recoberto de fina camada de pó, que nunca limpas, e ficas como uma flor aberta diante de sifões e campânulas. Mal falas, mas conversas com os pássaros que alimentas pela manhã, como São Francisco de Assis. É como se vivesses num outro mundo, mais arcaico, mais onírico, distante das palavras cotidianas dos banais mortais.

Colecionas velhos telefones, cornucópias, adornos, cofres em forma de livro com trancas embutidas, objetos manufaturados por antigos artesãos, copos de cristal, vinhos do Porto, móveis, muitos móveis, mas principalmente velhos alaúdes. Abajures lilases, rosáceos, amarelados e esverdeados espalham peculiares manchas dilatadas e tranquilas por toda a casa. Tons matizados escorrem pelas prateleiras, pelos cristais das janelas antigas e lançam dúvidas sobre as rachaduras das paredes.

Contas-me do fícus violento, uma figueira que lança raízes rachando o chão duro de cimento, derrubando muros, crescendo mais e mais e caminhando sempre, como na velha Índia, avançando sobre o telhado do vizinho, com seus tentáculos de líquens e sombras, entulhando as calhas de folhas e de vício. Conversas sobre esse fícus que teima em invadir as casas vizinhas e ameaça arruinar a tua, apesar do alto e sólido muro de pedras, barreira inútil da privacidade e do medo. E tratas dele como de um animal de estimação, contando-lhe teus sonhos, teu desejo de acordar mais cedo, teus anseios de comunicação com o estranho mundo que acontece lá fora. Mostras-me uma pata desse fícus, que tem as outras seis fundamente cravadas na terra, buscando, furando, arrebentando, se enfurecendo.

Essa pata de árvore, envolta em plástico para que não se insubordine e se afunde na terra, representa a tua espera da mulher amada, que ainda não apareceu. Quando isso acontecer, vais despi-la lentamente, sacudindo-lhe o bolor e o suor do longo marasmo envolto em plástico por longos anos. Vais-lhe falar: Querida, encontrei um amor, e vais deixar que ela tombe pesadamente como uma tromba de elefante e se afunde na terra, como as outras seis. E o fícus andará, como animal selvagem — porque os fícus indianos nunca ficam plantados no mesmo lugar o tempo todo.

Caminham, realmente caminham, como nordestinos na seca. Avançam sobre rios, braços de água salobra, casas e pontes, vão lançando trombas e tentáculos e se desdobrando sempre, em novos rebentos, até ocupar todo o espaço, e se repetem arboricamente em grandes círculos sombreados, onde às vezes habitam ratos, que já não precisam cavar para sobreviver em sua subterrânea vida, ajudados pela tromba viva da tua árvore, que observas sentado no jardim. Tocas o alaúde para teu fícus encantado, e não sentes o passar do tempo, que te faz viajar pelas eras.

Cantas melodias de poetas de rua sobre uma jovem de longas tranças que vivia trancada numa torre, perseguida por uma bruxa; uma jovem que tinha um nome, mas cuja madrasta não lhe permitia viver e a enterrou sob a copa de um fícus gigante, onde ela chorava e cantava; cantas sobre outra jovem, filha de uma bruxa que usava línguas envenenadas de dragões e urdia filtros mágicos de amor bebidos mar afora. Cantas para a pata da tua árvore envolta em plástico, sentado no banco de pedra do jardim, ao alaúde, e assim não sentes o passar do tempo.

Mas ela precisava ir embora, e não veria as lâmpadas mudando de cor, nem a luz da lua sendo substituída pelo sol nascente. Nem o ruído dos trabalhadores que descem o morro do Tuiuti discutindo futebol ou arqueados pelo esforço de irem a pé até o trabalho para economizarem o dinheiro do ônibus. Do outro lado daquele muro. Mas à noite ela voltaria. Seria então preciso atravessar o dossel de troncos e folhas que cria uma redoma ou passagem que se abre da casa até a rua, seria preciso atravessá-la sem ter receio de que a pata a esmigalhasse por ciúme ou por vingança.

Mas a pata continua dependurada no gradil, envolta em plástico, e ela não sabe se voltará amanhã, não sabe se voltará a tirar retratos com os longos cabelos espalhados sobre a mesa, ou bebendo café em estranhas campânulas, não sabe se ainda pousará o pé descalço sobre a mesa, nem se sentirá o macio dos lençóis de cetim ou se olhará seu corpo em movimento no espelho da penteadeira de jacarandá. Não sabe se nesse espelho se verá sozinha e translúcida na luz diáfana de muitos abajures transparentes.

Muitas vezes, há cenas humanas, e não de objetos e plantas, na ladeira do Tuiuti. Como a de grupos que cantam e tocam violão sentados em cadeiras na calçada enquanto consomem cerveja até o sol raiar, quando o samba se torna tango, de tão trágico nas horas mal dormidas. Ou quando a noiva sobe o morro, às gargalhadas, em companhia da amiga, tarde da noite, rumo à favela do Tuiuti, numa das mãos um saco de papel com uns poucos presentes, na outra os sapatos brancos, sem noivo, sem parentes, sem casa, sem nada. Onde irá aquela jovem noiva esperta e sadia, de que estranha novela terá partido para a realidade? O morro é quieto e recolhido, a não ser quando há explosões de fogos anunciando a chegada das drogas ou rajadas de AR-45 durante alguma invasão da polícia, procurando bandidos, mas matando crianças.

Dentro dos muros da casa, no entanto, nada se sente desse agitado mundo exterior. Eventualmente, uma bola de futebol pode ultrapassar sua altura. Mas isso é raríssimo. Em geral, Auro está vestido de luz na penumbra da cozinha, preparando um café turco sem coar ou servindo alguma iguaria que preparou com as próprias mãos. E do outro lado da mesa ela se senta como uma noiva de espuma, envolta em suas roupas de Iemanjá, sorvendo creme e lambendo a colher com a língua vermelha e o café do próprio pires, com grande ruído. Comporta-se como uma gata brava, e ele gosta disso. É uma indomável campeã do sexo, mas ele sabe como a domar.

Ela vem direto do trabalho e ele lhe fornece sabonetes afrodisíacos e toalhas macias como nuvens e a espia de sua mesa de pinho-de-riga a tomar banho de chuveiro no banheiro sem paredes nem porta — nunca acabaria aquela obra — e espera o momento em que ela se atirará em seus braços, cheia de desejo. Mas antes ainda beberão um vinho do Porto — cada vez de um ano diferente, da década de 1930, década de 1940, década de

1950, e parece que nunca chegarão a sua própria década. Suas noites de amor são intermináveis, porque entre a mesa da sala e o quarto de dormir, onde se veem refletidos nas compridas portas de espelho lapidado, há um século a atravessar.

Depois que ele lhe afaga a meia de náilon na perna posta sobre a mesa e lhe beija os braços em forma de cruz, carrega-a até o outro cômodo, contando-lhe como fazia pesca submarina só para pegar conchas e cornucópias no fundo do mar, que agora adornam a sua casa em espelhadas cristaleiras antigas. Passam por aparelhos de chá e telefones antigos, sofás, canapés, conversadeiras, pelas paredes mofadas da antiga casa da fazenda donde se vê o abandonado jardim, chegam ao quarto, ela ainda em seus braços, e ele a desveste lentamente e a toma em sua boca e a consome em beijos acalorados.

Ela se deixa fazer como uma tulipa aberta na água e flutua como uma anêmona, e se comporta como um parasita a quem dessem seiva e suor, cuspe e sêmen. Não consegue reagir, se transforma em plasma e sangue e corre em fluidos que independem da sua vontade por baixo da pele, e o outro se transfigura, gemendo e cantando alguma canção desconhecida ou viajando por cantões esdrúxulos de algum lugar do mundo que conheceu e de que se esqueceu. Muitas vezes um rugido irado lhes lembra a presença da pata envolta em plástico no jardim. É a vingança da pata do fícus, esquecida pelo dono, que ameaça subir pelas paredes, entrar pela janela — ou será um novo temporal de verão, na cidade tropical e revoltada?

Adorava receber dele pequenas lembranças de estranho feitio: conchas aprisionadas em casulos de prata, miniaturas de talismãs, laços de fita em nácar e pérola, cofrinhos contendo fios de cabelo. É verdade que mais pareciam peças de macumba, mas sempre de refinado gosto, sem dúvida compradas em antiquários.

Os dias se seguem sem tempo nem obrigação maior, só com a promessa de mais amor e estranhas cenas captadas pelas fotografias em sépia que ele vai revelando e lhe presenteando em pequenos maços amarrados em fitas de cetim marrom ou violeta. Pesa sobre eles apenas o temor de uma revolta maior por parte da árvore abandonada. Ela não parece confiável. A pata continua firmemente amarrada no plástico, embora essa tromba possante teime em querer se afundar na terra por conta própria. Ela teme que a figueira derrube o muro do vizinho ou o telhado da casa. Pergunta a Auro por que ele não dava um churrasco. Porque teria de limpar o jardim. O que tem o jardim? Tem muitas plantas confusas, embaralhadas. É preciso arrumar tudo. Ou responde que tem de reformar a cozinha. E lhe conta do seu casamento, como durou sete anos de perfeita felicidade, e um dia acabou de repente, como a chuva.

Ela treme um pouco ao ouvir essas histórias — também seu amor acabaria como um fio frágil que se rompe? Mas enquanto durasse, queria ceder seu corpo a sua boca, enquanto a vitrola antiga arranhava a ária de Bellini: *"O, rendetemi la speme — O lasciate, lasciatemi morire! — Qui la voce sua suona soave — Mi chiamava..."*, de *I Puritani*, na gravação de Maria Callas de 1949. Queria se entregar àquele ato unificante do amor que absorvia tudo e que transformava toda a dispersão do dia a dia num ato que a tudo redimia, o único ato que se autobastava na vida.

Passaram-se meses, e o verão chegou, tornando as árvores mais espessas, suas folhagens mais densas, sempre carregadas de grossas gotas de chuva, como pingentes ou lágrimas. A motocicleta dele jazia quebrada, jogada para um lado. Auro andava deitado, lânguido e exangue. Será que você não está com anemia? Ele lhe contava do pai e do irmão, que morreram de estranha doença neurológica paralisante, tiveram de ser alimentados por outros, até que nem os músculos da garganta funcionavam mais. Ela se arrepiava de ter de trocar as noites de amor pelo papel de enfermeira.

Tentava reanimá-lo, mas isso estava além de sua capacidade. Então, abordava-o com um forte ataque frontal, congelava-o como Medusa, enfeitiçava-o como Medeia, enfrentava-o, destruía seus restos de resistência e apagava seus gemidos e queixas com beijos que não o deixavam falar de sua dor, de seu passado, de suas recordações de outros tempos, outras relações, outros momentos, quando não se sentia tão ameaçado. Ele falava entrecortado da família que queria de volta a velha casa da fazenda, que fora ficando com ele, na ladeira do Tuiuti, e que ele recheara de objetos que enchiam seus olhos de beleza; falava da dificuldade de sair para trabalhar, de ganhar a vida, de pensar em dinheiro, e de como gostaria de se afundar para sempre na terra, não mais pensando em nada, nada, nada — e ela o fazia calar com seus abraços que o inundavam de seios, de pernas, de sexo e o tornavam provisoriamente despreocupado.

⁂

O verão avançava, e numa manhã de domingo, tendo combinado que viria buscá-lo para finalmente saírem e passearem pelo Jardim Zoológico, próximo dali, e visitarem animais gigantescos e os macacos e penetrarem nas covas escuras das cobras e dos insetos, ela rodou inutilmente pela ladeira do Tuiuti em busca da casa. Durante largo tempo circundou os quarteirões no seu carro, sem encontrar a velha casa da fazenda abandonada. Finalmente se convenceu de que aquele muro derrubado, aqueles montes de pedra e pedaços de madeira eram tudo o que restava da antiga fazenda, agora ocupada pelo enorme fícus, desmesuradamente grande, no aguaceiro de verão. Ali só viu os escombros da casa da fazenda. A pata rompera o plástico e afundara na terra, o que só aconteceria no dia em que seu dono encontrasse o verdadeiro amor, não sem antes romper um fio elétrico da rua, deixando todas as casas das redondezas sem luz e seus moradores esbravejando na calçada, muito irritados.

— Que pouca vergonha! Largam esta casa velha aí só para criar problema! E veja o que aconteceu! Agora nós é que ficamos sem luz! E toca a esperar o reparo! Hoje não vai ter novela!

— Pelo menos estamos livres desta tapera mal-assombrada! Uma casa abandonada desse jeito bem no meio da cidade! Um lugar cheio de ratos e baratas que só trazia aborrecimento!

— Não sei como uma família pode deixar um imóvel assim, sem tentar vender ou fazer alguma coisa com isso!

— É por causa da favela. Não conseguiam vender. Não valia mais nada no mercado. E agora parece que todos morreram.

— É, não se via mais ninguém entrando e saindo daqui desde os tempos do Caboclo Guaraná, quando aqui tinha um grande centro de macumba.

Ela sentiu um aperto enorme no coração, mas não conseguia imaginar o que devia fazer agora que a pata do fícus se fincara no chão e que Auro aparentemente desaparecera para sempre, dentro da casa desmoronada, sob o abandono e o silêncio das ruínas. Seria absurdo perguntar se o tinham visto. Ririam dela se quisesse saber de um certo jovem atlético em sua velha motocicleta vermelha. Foi-se afastando a pé, desnorteada. Mas, ao passar pela porta de espelho de um armário velho, exposto à entrada de um brechó, em São Cristóvão, se horrorizou com a visão de uma velha de oitenta anos, caminhando arqueada, com o rosto cortado de rugas e pesado de pelancas, quando percebeu que se tratava dela mesma.

A MULHER A(R)MADA

Oito anos, três meses, dois dias e nove horas após o início da minha análise, desisti de fazer meu psicanalista se casar comigo. Bem-apessoado, não muito corpulento (é verdade que nos últimos dois anos e cinco meses de análise, por mais que eu o admoestasse a respeito, engordou bastante, provavelmente por causa da ocupação sedentária), barbudo, de uma barba negra e forte, mas não muito rente — como as que dão a impressão de um cuidado excessivo, quase feminino — olhos negros de uma intensidade obsessiva, mas de uma certa distância apolínea, beirando o indiferente (como fica bem para um analista), tinha todo o *physique du rôle* para ser meu marido, mas, *hélas!*, assim não o quis, novamente, o meu destino.

Parodiando Campos de Carvalho, aos doze anos matei meu professor de lógica, embora não tivesse apenas doze anos. De uma hora para outra me vi de novo às voltas com os absurdos transcendentais de Kant, Hegel, Schelling e Fichte e, por que não o confessar, coisa que o Manolo — Manoel, meu analista — detestava — também com um pouco de Jung e astrologia, para ver se conseguia compreendê-lo.

A última vez em que eu me lançara a um fracassado projeto caça-marido fora com um professor de metafísica. Descobri sua data de nascimento e falei horrores de seu signo, seu ascendente, seu mapa astral e da importância de certas coincidências energéticas atuais ou no momento de sua vinda ao mundo, até que, sem obter resultado prático, fui desaparecendo das suas aulas e, finalmente, desisti do curso de filosofia. Depois descobri que o gajo era, além do mais, casado com uma rebenta de tradicionalíssima família quatrocentona, que o mantinha, o que explicava sua queda para especulações tão idealistas quanto inúteis.

Após algumas tentativas balzaquianas frustradas para encetar um noivado pelo menos decente com um físico que frequentava gafieiras, depois com um químico surfista, um fotógrafo *free lancer* e um jornalista que cobria a Baixada Fluminense, decidi enfim abandonar a vida urbana e me dedicar a exercícios de meditação e a uma vida solitária de iogue nas montanhas. Felizmente, já tinha a casa, bem rústica, num belo cenário campestre, afastada de toda a civilização, perdida num vale entre florestas, num ambiente digno de abrigo antiatômico.

Pedi uma licença no trabalho, enchi a despensa de enlatados e mandei armar na sala uma pirâmide de cristal para facilitar minhas longas horas de meditação. Muni-me de pedras e pêndulos, triângulos, velas, incensos e pedaços de giz e me despedi do mundo. Sequer saberiam que eu me encontrava ali, e eu, também, felizmente, não tomaria ciência de nenhum ser humano. Senti-me como Lamartine às margens do lago Léman — com os devidos descontos, pois ali não havia lago, e sim rio, e porque a Genebra que eu conhecera só se salvava pela bebida, não tendo mais nada a ver com as idílicas vivências relatadas pelos poetas românticos.

Além da marcante monotonia, após longo tempo sem falar com ninguém, para quem não levara televisão, rádio, toca-fitas nem mesmo baralho, exceto o de tarô, e da inconveniência de não saber o dia, a hora nem ter a mínima noção do mundo exterior (por exemplo, saber se ele tinha acabado), passaram a ocorrer certos fatos incômodos. Talvez pelo hábito de não ouvir senão os pipilos dos pássaros e o ruído das cigarras entre as folhas mexidas pelo vento, por ficar horas trancafiada em casa, concentrada nos próprios fluxos energéticos da minha meditação, passei a sentir uma certa ansiedade indefinida, ligada especificamente à porta e à janela. Não que eu tivesse qualquer vontade de me dirigir à cidade — qualquer cidade — mas sentia como que um surdo pressentimento de que, da escada exterior, poderia surgir um vulto, um ser, alguém envolto na poeira do tempo, que poderia trazer alguma mensagem do passado, do presente, do futuro, do ser ou do não-ser.

E me pegava desprevenida, a cada momento, naquela casa sem espelhos, sem autoimagem e sem referências, a espichar o olho para o negrume da noite, rumo à escada, na expectativa da chegada de alguém, provavelmente também sem nome, sem personalidade, sem perfil, pouco importa.

A ansiedade se tornou, aos poucos, uma dor insuportável, até que, uma noite, tendo ficado horas acordada, à luz de velas, pois não tinha eletricidade, à espreita de sons, murmúrios, ruídos de passos, ainda sob a influência das histórias de violência urbana contadas por meu último pretendente, o jornalista da Baixada Fluminense, me senti, ao amanhecer, tão esgotada que não pude nem pensar em nenhum exercício de meditação, fosse zen ou transcendental.

Às dez da manhã parti a pé para o vilarejo próximo, sem ter um plano definido na cabeça. Mas precisava fazer alguma coisa. Fui andando sem rumo pelo que me pareceu toda a manhã — eu perdera toda noção de espaço e tempo — com meus enormes tênis anatômicos de marca, me sentindo como aqueles heróis de filmes de mocinho que vão dali a pouco abrir a porta de vaivém do bar.

Mas o impacto foi bem menor ao entrar nele, pois eu já era conhecida na cidade como "a louca da montanha" — e fui saudada pelos rostos bonachões e roceiros, inocentes e, ao mesmo tempo, desdenhosos que os homens do interior costumam dirigir às mulheres. Mas eu sabia que tudo aquilo era falso, pois no fundo dos olhares amaciados pela cachaça Pirassununga 45 havia em cada um daqueles cérebros apenas um desejo: a ânsia de matar. E ali não havia xerife.

Caminhando a esmo, de repente me vi à porta da loja de materiais de construção, a única do lugar. Parei diante do balcão e abarquei toda a loja com o olhar. Logo descobri o que queria. Eu queria aquela foice. Mandei afiá-la e comprei-a. E, também, um facão cortante que vinha numa bainha reforçada, sem a menor sombra de ferrugem.

Naquela noite choveu, e o ruído da água torrencial batendo nas calhas metálicas do casebre roceiro me deixou um tanto inquieta. Parecia com os passos de pequenas tropas de menores abandonados, foragidos de alguma instituição, em busca de alguma casa deserta no mato e tendo algum turvo motivo de vingança contra o mundo. (Dinheiro, joias e eletrodomésticos não encontrariam ali). Passei longas horas sentada na poltrona da sala, com o facão à cintura (resolvi chamá-lo de sabre) e a foice atravessada no colo. Dormitava alguns minutos, mas logo era acordada por algum ruído difuso, provavelmente uma lufada de vento que sacudia a porta do alpendre ou um estalido da madeira da casa. Quem sabe?

Achei que o melhor seria praticar com as minhas armas. Eu tinha noções de *tai-ken-do*. Pela manhã, dirigi-me ao quintal e passei a praticá-lo contra o capim alto. Usava toda a minha força e acabava por rodopiar em torno de mim mesma. Decidi praticar em arbustos mais fortes, buscando ceifá-los de um só golpe. Praticava com gestos ritmados e duplos, no sentido horizontal: facada-foiçada — ou vertical: foiçada-cortada.

Não tenho a mínima ideia de quanto tempo gastei nesses exercícios espirituais. Sentia apenas que eram parte da minha formação para um objetivo maior. Passei a me alimentar exclusivamente de carne — lastimavelmente enlatada. Mas, aos poucos, comecei a sair à noite, principalmente nas noites de lua cheia ou de quarto crescente, à cata de pacas e tatus. Jamais deparei com uma cobra, mas eu a teria ceifado em duas, num só golpe certeiro, em questão de segundos.

Pela manhã eu arrancava a pele do animal que conseguisse caçar com o meu facão de múltiplos usos — ora sabre, ora faca de cozinha — e pendurava o bicho num gancho atrás da porta, para amolecer a carne e até mesmo deixá-la um pouco *faisandée*. Entre meus pratos prediletos, instituí como parte da minha formação espiritual a de degluti-la também *au naturel*, tipo *tartare*, crua. Esse prato não vinha com nenhum acompanhamento, e eu, sentada à porta, tinha de devorá-lo rápido, e com as mãos.

Consistia isso num exercício de selvageria ou identificação com o outro-da-natureza. Procurava me sentir no filme de Lawrence da Arábia, sendo eu um árabe comendo com a mão de um prato comum onde a comida estivesse toda revirada. Ao moquear a carne, entrava no clima do quarup e me recusava a provar as carnes menores (cérebro e intestinos), que nas tribos eram destinadas às mulheres e crianças, pois eu necessitava de toda a coragem e presteza daqueles animais, e devorava pernas, peito e coxas. Cada vez mais eu vivia de noite e dormia de dia.

Recusava-me a acreditar que tantos exercícios não constituíssem, necessariamente, uma grande provação, como na legenda do Santo Graal. Algum guerreiro vindo da Irlanda um dia se encaminharia até mim pela escada azul de meu reino e nós travaríamos uma batalha santa pela honra e glória da sobrevivência no sertão. Jamais invadiriam meu castelo armado, mesmo sendo eu a princesa sem escudeiro, a diva sem espelho, a mulher sem arcas de ouro.

Um dia fui de ônibus à Baixada Fluminense e comprei um par de revólveres, um rifle Mauser, uma pistola de seis tiros argentina, de segunda mão, e um manual de tiro ao alvo. Escolhi duas árvores grandes do quintal. Prendi nos troncos meus dois últimos contracheques. Sabia que já não voltaria a trabalhar.

Eu alcançava uma etapa importante da minha libertação espiritual. Treinei por tempo indeterminado — pois a noção de tempo desaparecera por completo do meu horizonte. Consegui atingir uma lagartixa (imóvel, é verdade), no tampo da caixa d'água. Foi um gesto impensado, que teve como resultado a inconveniência de cortar o suprimento de água da casa. Parei de tomar banho e, quando a noite chegava, me arrastava pelo chão, morro acima, por longos quilômetros, e rastejava até a fonte em trilhas abandonadas, cheias de espinhos, sempre carregada do rifle, revólveres, pistola, sabre e foice (o que dificultava bastante meus movimentos), caso aparecesse alguém na noite escura, até beber com as mãos apenas o suficiente para me manter até o dia seguinte.

Não tenho mais noção de tempo. Sento-me na poltrona da sala noites seguidas. Observo, à luz das estrelas, uma teia gigante que se formou no triângulo de meditação. A comida acabou. Talvez o mundo também. Digo, o mundo exterior. Não penso mais em nada. Saio apenas a caminho da fonte, à noite. Ficam aqui essas notas. De dia, durmo. Passo as noites azeitando as armas, limpando-as com o cano voltado para mim.

Ao menor som estranho ou estalido, volto-as todas para a porta. Ou para a janela. Não sei por onde podem decidir entrar. Mas será sempre um ato de violência. Às vezes, penso na eventualidade de guerrilheiros inimigos se desgarrarem de suas tropas de libertação, mas invoco a força do triângulo de Davi. De certa forma, ainda espero. Eles virão envoltos em luz própria, e eu poderei completar minha formação espiritual. Espero de arma em riste algum Foragido da Baixada ou Erradio Cavaleiro Andante.

O CHUPADOR ACADÊMICO

"Escritores nascem e morrem em dias e meses aproximados."

COMENTÁRIO DE DICIONARISTA BIOGRÁFICO

Não há maior *frisson* que penetrar nos estreitos desvãos entre estantes sombrias, carcomidas por cupins vorazes ou escamadas e devoradas pelo próprio tempo. O pó que um dia se depositou ali, naquelas capas lustrosas, como crosta ou adiposidade, impede que sobre elas se possa correr as mãos, como em pele macia, pois são como calos que grudam, pegajosos, na leitura.

Um ar mofado e misterioso invade o nariz e dilata as narinas de fera sanguinária da pesquisadora, que percorre listas bibliográficas, títulos, autores, assuntos, descobre exemplares amarrotados de velhas revistas perdidas, despercebidas, quando seu olhar se distrai, atraído pelo canto de algum sabiá que bate com o bico na vidraça. Dia após dia se dirige como autômato para os mesmos corredores, através das mesmas escadas intermináveis de madeira de lei, caminha por tábuas rangentes e se pressente transportada ao maneirismo quixotesco, ao burlesco de Molina, ao barroco de Quevedo e Gôngora; depois, enlevada, caminha até símbolos e alegorias de poetas que se perderam em imagens brancas e ilusórias, que não mais comunicam; avança enfim o pé para penetrar em nova fileira onde já não se escreve em espanhol, mas em inglês... E pensar que, talvez, jamais alguém tenha folheado todos aqueles livros!

Foi numa dessas incursões livrescas que deparou com a imensa figura do velho. Ele usava óculos de fundo de garrafa, lembrando o Dr. Coppelius — sim, aquele terrível macróbio, personagem de Hoffmann, no conto "O homem da areia". A pele era tão branca quanto os cabelos. Sentado atrás da imensa escrivaninha de peroba repleta de livros empilhados, tinha à sua frente amontoados de cadernos anotados com garranchos. Sob ela, dois chinelos deixavam entrever unhas recurvadas como garras de fera nos extremos de dois pés branquíssimos, onde se destacavam veias azuis ressaltadas. Sua voz autoritária, tonitruante, quebrou o encanto do passeio resvalante pelos livros:

— Sabia que estou escrevendo um dicionário biográfico, menina?

Ela olhou à volta, procurando a menina; depois percebeu que, do alto dos seus 80 anos, o austero professor se dirigia a ela:

— Não, professor, não sabia.

— Você sabia que a maioria dos escritores morre próximo do seu dia e mês de nascimento?

— Não, professor, não tinha reparado.

Ele dirige os olhos meditabundos ao teto. Fica imerso em profundos pensamentos, quem sabe de cunho filosófico.

— Como vai a pesquisa, minha filha?

— Oh, vai bem, professor, vai muito bem, obrigada, mas lenta...

Ele lhe dirige a palavra como se lhe falasse de uma caverna longínqua (sua própria cavidade pulmonar).

— Sabe, menina, vou lhe confessar uma coisa: muitas vezes, à noite, me sento diante da televisão para ouvir as novelas do Dias Gomes. Você não acha Dias Gomes genial?

— Bem, como dramaturgo...

— Você gostaria de assistir à novela comigo? Posso lhe mostrar alguns trechos dignos de Boileau! Então, o que diz?

— Não vejo telenovelas. Talvez, um dia... ando muito ocupada, sabe, eu, a pesquisa...

O olhar dele se torna iracundo ao extremo com a resposta dela.

De olhos inflamados, começa a recitar freneticamente Castro Alves. Parece que sabe de cor todos os versos de "A cachoeira de Paulo Afonso". Sua voz ecoa, emocionada, derrama-se pelos corredores vazios da biblioteca, e seus perdigotos dramatizam a queda d'água do poema romântico:

— A cachoeira! Paulo Afonso! O abismo!
A briga colossal dos elementos!
As garras do Centauro em paroxismo
Raspando os flancos dos parcéis sangrentos.
Relutantes na dor do cataclismo
Os braços do gigante suarentos
Aguentando a ranger (espanto! Assombro!)
O rio inteiro, que lhe cai do ombro.

Quiçá identificado com a força do Centauro gigante em paroxismo, ergue-se de um salto, com uma agilidade inimaginável para a sua idade e seus quase cem quilos de saber corpulento. Parte rumo à pesquisadora como um tanque em posição de ataque frontal.

— Há coisa mais linda que Castro Alves? Nós dois, juntos, no sofá, eu recitando Castro Alves para você... — Estende os braços e troca a estratégia de ataque para rimas mais românticas:

> — É tarde! É muito tarde!
> O templo é negro... (Vem avançando, os olhos ora no teto, ora no seu decote)
> O fogo-santo já no altar não arde.
> Vestal!

— Professor, acadêmico, eu...

Ela recua um passo.

— Não venhas tropeçar (ele tropeçou num banquinho para pés e nos pés da métrica) — nas piras,

> (...)
> A lâmpada do amor velava entanto,
> Virgem flor enfeitava a borda virgem,
> Do vaso sacrossanto —

Ele se atira para frente, contorna rapidamente a imensa escrivaninha e tenta agarrá-la pelo braço. Ela escapa e se coloca entre a escrivaninha e a estante maior, a que tem os dicionários etimológicos e biográficos.

— Você já leu Castro Alves, meu bem?

— Ah, sim, claro, *A cachoeira de Paulo Afonso*, 1871... *Espumas flutuantes... Os escravos... É tarde...*

Ele avança mais um passo, mas se abstrai por um momento, a mão no peito, presa de profunda comoção:

— Quando Ela veio — a negra feiticeira —
A libertina, lúgubre bacante,
Lascivo olhar, a trança desgrenhada,
A roupa gotejante. (Suas mãos estiraram-se na direção dela).

— Como seus cabelos são lisos e encantadores, meu bem...

— Mas eu não tenho tranças, professor! Acho que... — Ele arfa um pouco, com seu hálito fétido, que a meio metro chega ao nariz dela:

— Professor...

Então, parecendo voltar à realidade, como que vencido por um repentino e secular cansaço, retorna à ampla cadeira de braços e espaldar alto. Tem os olhos novamente perdidos nos livros, como se imerso nas longínquas reverberações dos versos, que recorda:

— É tarde! Estrela d'alva! O lago é turvo.
(...)
Somente as vagas do sepulcro
Hão de apagar o fogo que em mim arde...
Perdoa-me, Senhora!... Eu sei que morro...
É tarde! É muito tarde!...

Ela olhou o relógio. Será que já estariam fechando a biblioteca?

— Mas talvez você prefira Olavo Bilac, hein? — Levanta-se de um salto, abrindo os braços trêmulos de gordura:

Olho-te: cega ao meu olhar te fazes...
Falo-te: e com que fogo a voz levanto! —
Em vão... Finges-te surda às minhas frases...

Ela estava numa posição um pouco incômoda, espremida entre uma mesinha coberta de livros e o desvão da escada.

— Ah, sem dúvida você conhece esses versos tão famosos:

> "Ora (direis) ouvir estrelas! Certo
> Perdeste o senso!" E eu vos direi, no entanto,
> Que, para ouvi-las, muita vez desperto
> E abro as janelas, pálido de espanto...

— Você está trabalhando demais, querida, vamos sentar no sofá. Por que não conversamos toda a noite, enquanto a Via Láctea, como um pálio aberto, cintila?

— Oh, não se preocupe comigo. Na verdade, eu estava procurando dados sobre... Kilkerry.

A notícia cai sobre ele como um balde d'água. Despenca pesadamente no sofá, sozinho.

— Ah, Kilkerry, aquele louco varrido. — Possuído por uma fúria realmente kilkerriana, mal se contém. — Kilkerry! Um zé-ninguém, um zero à esquerda no cânone literário! Um arrematado louco! Vocês hoje só pensam em destruir, em esfrangalhar a cultura literária. Como podem desprezar as vozes do passado? A grande voz poética que construiu toda a cultura ibérica? Até o poeta modernista maior participa dessa grande tradição. — Levanta-se e recita, abrindo os braços banhudos e trêmulos, o "Adeus a Sete Quedas", de Drummond. A papada também despenca sobre a camisa branca de bolsinho lateral, que estremece junto com ela e as águas do Iguaçu:

> Aqui outrora retumbaram vozes
> Da natureza imaginosa, fértil (...)

Uma beleza-em-si, fantástico desenho
Corporizado em cachões e bulcões de aéreo
contorno

Mostrava-se, despia-se, doava-se
Em livre coito à humana vista extasiada.

Ela estava sentada na ponta do sofá, olhando de viés a lombada de uma *Poética* que gostaria de folhear. Ele se mostrou desalentado no sofá, ao lado dela, ainda balbuciando a epígrafe para o "Adeus a Sete Quedas":

— Sete damas por mim passaram,
E todas sete me beijaram.

enquanto esticava a mão para ela, que recuou mais no sofá.

— Então, não é divino? Dos modernistas, grande como Drummond, ou um Alphonsus de Guimarães, só mesmo um Fernando Pessoa, no seu heterônimo Ricardo Reis, não é mesmo? No uso da ode... e Alberto Caeiro, sempre tão idílico... Mas com certeza você é das que preferem "Ode marítima" ou "Saudação a Walt Whitman", aquelas coisas destrutivas de Álvaro de Campos... cheias de óóóóó e yyyyy e Pum! Pum! Pum! — Seus olhos a fuzilavam como se quisessem destruí-la ou despi-la.

— Bem, professor, ahn, acadêmico, na verdade, eu...

— Ora, pode se abrir comigo, a literatura nos une a todos como irmãos! — Dera um jeito de espichar a mão balofa e agarrara a dela. Arfava e se aproximava de novo, como um aríete cego empinado, tomado por um frêmito trêmulo e infinito. Ela se levantou e foi recuando, de costas, rumo à saída.

De um só fôlego, ele se levantou também.

Ela foi recuando de costas, mas havia uma escada:

— Na verdade, eu... prefiro a prosa! Lima Barreto, gosto muito — balbuciou ela. Alcançara o primeiro degrau, de costas. Retirada perigosa e sorrateira: adiante havia uma curva fechada. — Machado de Assis, naturalmente, é o maior.

— Ah, a prosa! o velho Eça, *O crime do padre Amaro!* Ah, o grande Alencar, com sua *Lucíola*! Anjo e demônio, santa e prostituta, de branco e de carmim, na igreja e nos bacanais! Você já foi a uma bacanal? Já se imaginou numa bacanal... comigo?

— Professor, até amanhã, sim? — Foi descendo as escadas depressa, agora muito rapidamente, sempre de costas, uma operação delicadíssima, sem nunca deixar de estar de frente para ele.

Ele batia pesadamente com os pés nos degraus, com todo o peso do corpanzil e a prática de perseguições polifêmicas a jovens pesquisadoras incautas.

— Diga-me, o que acha do velho Camilo, hein? Garrett, oh! Garrett, este sim! *Viagens na minha terra!* Que obra-prima! Quem de vocês, quem de vocês, oh, jovens, realmente leu *Viagens na minha terra*?! Vocês são uns ignorantes! Uns ignorantes e uns ingratos! Não sabem nada do Romantismo, do Realismo, do Impressionismo! (A cada estilo de época correspondia um degrau). São indiferentes e ignorantes de toda a grande cultura ocidental! Madame Bovary, que grande amante, ah, Emma, Emma, que entrega sincera e deliciosa!

No térreo, a porta da rua estava trancada, mas com a chave na fechadura. Ela procurava destrancá-la de costas, uma operação muito complicada, ainda não prevista nos livros de suspense. Ele se aproximava, bufando como uma locomotiva.

— Bem, eu, acho que (a chave não virava, merda!) penso que... Oswald de Andrade é genial!

A explosão de ódio deteve-o um pouco, talvez devido à chuva de perdigotos iracundos na sua própria cara:

— Oswald de Andrade! Só faltava essa! — Ao mesmo tempo, ela conseguira destrancar a porta e assim se esgueirar para a rua. Ele esbravejava, gesticulando atrás dela, enquanto ela agora corria na calçada: — Vocês querem destruir o mundo! A cultura milenar ibérica! São uns seguidores de Marinetti! Querem incendiar as bibliotecas! O grande cânone ocidental, construído através das gerações centenárias! Por nós! Por nós! Oswald de Andrade, Kilkerry, qual o quê! Já não basta o que os estudantes estão fazendo nas universidades, o que fizeram nas ruas, nas passeatas, a destruição de todos os valores? Que mais querem? Que mais querem?

Ela disparou rumo ao ponto de ônibus. Não tinha certeza se ele a seguia. Mas aparentemente se livrara dele. Mas lá se ia a pesquisa.

⁂

Esperava que em Yale estivesse livre de velhos acadêmicos, bibliófilos e professores tarados. A cultura lépida e *clean* da informática puritana tinha colocado em desuso velhos ranços da tradição parnasiana acadêmica e machista, com seus lápis, canetas e fitas de máquina que borravam as mãos e deixavam os dedos rançosos de manuscritos herdados de velhos eremitas. Estava feliz com sua pródiga bolsa de estudos, que lhe daria a oportunidade de pesquisar numa das melhores bibliotecas do país.

Continuava a pesquisa mais animada, mas ainda mergulhada no ambiente úmido e mal iluminado dos profundos e baixos corredores dos cinco andares subterrâneos da biblioteca da universidade. Infelizmente, o computador ainda não chegara até lá. Não saía para almoçar, para assim ganhar tempo de estudo. A crônica falta de funcionários das instituições de ensino do país impedia que pesquisasse aos sábados e domingos ou após as cinco da tarde. As lâmpadas queimavam e assim ficavam por semanas. Ora faltava o funcionário para a trocar, ora a lâmpada para ser trocada. Talvez não dessem muita importância à literatura.

Ela tentava se adaptar àquele passeio lodoso pelas catacumbas do saber: no quinto andar subterrâneo se deliciava com a leitura de Poe, mas tremia ao pensar no final do conto do maléfico cavalheiro de "O gato preto" e sua mulher emparedada junto com um gato de sete vidas, na pressa do assassinato; em "*A queda da Casa de Usher*", as paredes da mansão ruindo, com os dois irmãos remanescentes da família ilhados, no mesmo cômodo, se odiando mas se olhando nos olhos, irmão e irmã, a verem seu antigo mundo de nobreza desabando concretamente sobre si.

Sua maior dificuldade, nas tardes escuras da grande biblioteca, era encontrar as fontes comuns do Carnaval nos contos do alemão Hoffmann e do americano Poe em *O barril de Amontillado*, por exemplo. Alguma traição perpetrada contra a maçonaria se sobrepôs ao sentido de hospitalidade, e a pobre vítima, trajando ainda, inocente, sua fantasia de arlequim, acompanhou a lenta subida das paredes de tijolo, fileira por fileira, manietado à parede, enquanto se despedia para sempre da música e da alegria do Carnaval, sem ao menos poder tocar com a língua o delicioso vinho Amontillado que o perdera na adega daquela mansão.

Depois incursionava pelos *Sete contos góticos,* de Isak Dinensen. À medida que lia, lembrava-se da cara encaveirada da autora, que morria de sífilis, contaminada pelo marido. Como podiam as pessoas criar tantas ideias doentias, a que chamamos normalmente de arte? Como podiam os homens ser tão grotescos em sua maldade literária, muito maior que na vida real, em geral medíocre?

E começou a se sentir, nos dias de crescente vício de leitura, quando se encerrava entre os ácaros bem alimentados pelos livros, cada vez mais atraída pelo vírus do saber abstrato, das letras e dos enredos, e mais distante do mundo lá fora, onde se perdiam, inúteis, alguns sons remanescentes de alguma festa...

Imersa na leitura de *Orgulho e preconceito*, de Jane Austen, engendrou uma ideia que lhe pareceu tétrica e delirante, mas também prática e atraente. Esquecendo o medo dos corredores escuros e dos vultos na noite — até mesmo porque poucos se preocupavam em ler na biblioteca, que vivia deserta — resolveu se esconder atrás da última estante daquele andar mais inferior, o quinto andar subterrâneo, quando o velho funcionário viesse bater palmas para anunciar que iam fechar.

Ela o imaginou franzindo o cenho e pensando: "Mas onde se meteu aquela menina hoje? Tenho certeza de que estava aqui, como em todos os dias." Ao aparecer para fechar, ele foi verificar no banheiro e, como não a visse, subiu as escadas com dificuldade, abaixando a cabeça devido à pequena altura do teto, e cerrou as ferragens rangentes das grandes e pesadas portas da instituição. Por um momento ela se arrepiou, em seu esconderijo, achando que poderia ter se enganado de dia. Mas não. Era quinta-feira mesmo, não sexta. A perspectiva de ficar lendo até segunda-feira sem comer não era lá muito agradável.

Voltou ao seu lugar de sempre, retirou os sapatos e sentou-se confortavelmente. Pareceu-lhe ouvir o tique-taque do seu relógio de pulso. Ou seria seu coração? Mas imaginava. Queria voltar, ansiosamente, ao livro. Tinha certeza, desde as primeiras páginas daquela obra do século XIX, mas oriunda do pensamento pré-romântico do século XVIII (ou melhor, antirromântica e ilustrada, pois Jane Austen seguira os passos do Dr. Johnson), que a boa moça, anos depois, acabaria por se casar com o homem dos seus sonhos, que, além de bondoso e moralmente impoluto, estaria rico e até mais bonito.

Tudo era tão previsível! No entanto, encantavam-na o jogo, a trapaça, os engenhosos subterfúgios empregados na intriga, até o desenlace final. Mergulhava nos recursos de prosódia e retórica, na linguagem requintada e nos jogos de lógica, todo um universo linguístico de quando a literatura ainda era a rainha do mundo e o único instrumento culto de lazer, uma era dourada anterior ao rádio, ao cinema, à televisão e ao vídeo, à história em quadrinhos e ao telefone. (Oh! Como odiava o telefone, sua secretária eletrônica fazia todo o serviço de filtrar as ligações para ela; só atendia a uns poucos, e jamais se deixaria dominar por um celular).

Oh! Que belo momento da história da humanidade, quando se tinha a sorte de nascer nobre e viver de baile em baile, de ópera em ópera, de balé em balé, em plena era da arte culta, a chamada alta cultura — hoje reduzida, se tanto, à alta costura. Que delicioso imaginar-se o jovem par se casando, depois de tantos esforços para se introduzir na sociedade, sem ferir o decoro, a opinião da família, do pastor, dos salões de baile!

Aliás, Jane Austen sempre espicaçava a imaginação, mostrando uma perna, um braço, um pescoço que apareciam sob o peso dos adamascados, como um recurso definitivo na conquista de um homem belo e rico, único objetivo na vida de mulheres dependentes e impedidas de trabalhar pela sociedade, que as queria escravas do lar.

Oh, que mundo prático, quando as mulheres costuravam e guardavam a casa e os filhos, sem andar zanzando por aí, noite afora, tomando drinques e armando brigas pelos bares, festas e inferninhos. A sensação de perda de tempo cronológico real a levou à época de proibições, mas também de glória familiar, quando havia família. E era na família donde partiam todos os atos mais grandiosos das mulheres: batizado, noivado, casamento, parto. Será que naquela época ela também viveria diferente desse trajeto previsível, como sucedia neste momento? Poder fugir ao tempo presente a fazia entrecerrar os olhos e voar para longe do *hic et nunc*! — *hic et nunc! hic et nunc!* — gritavam os personagens de *Admirável mundo novo*, de Aldous Huxley, que lera na adolescência, em suas noites de vigília.

E assim, de olhos semicerrados, lhe pareceu, em sua sonolência, ouvir um cicio como o de uma cobra ou de um *drive* sujo de algum computador com problemas de *hardware*. Mas era tão boa a sensação de abandono e fuga do tempo que não teve coragem de abrir completamente os olhos e ver o que acontecia, nem sequer tinha medo, na familiar sala polvorenta e escura, sentindo os habituais cheiros de papel e tinta dos periódicos do século XIX que em breve iriam se esfarinhar.

A sensação de fuga e esvaziamento foi se apoderando dela e amolecendo-a, quando se clicou uma mensagem bem definida em sua mente, até então descompromissada e voltada exclusivamente ao prazer da leitura:

— Você está sob o controle da minha mente!

Seus olhos se arregalaram. Retesou-se na cadeira e a sonolência passou no mesmo instante. O que estava lhe acontecendo? Quem falara aquilo? Uma parte do seu cérebro se dissociara do resto, se transformando em seu superego portátil? Só que ela rejeitava aqueles comandos — talvez uma incompatibilidade de *bits*. A *baud resolution* estava ruim. Precisava se autocorrigir para navegar na sintonia correta daquela *web* de emissões.

Uma emissão constante de eletricidade ou estranha energia se apoderava de grande parte da memória RAM de sua mente e a coordenava de fora para dentro, como se fosse um disquete recém-enfiado num micro. Mas não se sentia separada de sua outra pessoa, aquela inútil e evasiva criatura de tempos ancestrais que se arrastava pelas prateleiras das bibliotecas através das horas, sem nenhuma objetividade ou sentido capitalista de ganho.

Seu pensamento foi novamente interrompido por mais uma estranha intervenção:

— Você está sob o poder de um importante vírus da história: meu nome é Chupador e nada lhe acontecerá de mal enquanto me deixar possuir a sua mente. Minha única condição para permanecer pacificamente em você é poder dirigir as suas leituras, para eu rever alguns enredos que se deletaram de meus arquivos.

— E se eu não obedecer à sua condição?

— Eu tenho uma programação interna que explodirá a nós dois, caso você se recuse a ler o que necessito.

— E quem o programou?

— Isso não estou autorizado a dizer. Está proibido pelas regras.

— Como você pode entrar nas pessoas?

— Simples. Pelos poros, depois pela corrente sanguínea.

— E quanto tempo você pretende ficar em mim?

— Bem, isso vai depender, em grande parte, da negociação entre nossos dois sistemas, a quantidade de *bits* por segundo que obtivermos, a memória disponível, a memória expansível e outras características de nossas máquinas. Isso também depende da sua colaboração, é claro. Tudo correndo bem nesta comunicação interna, eu estarei carregado de informação dentro de umas vinte e quatro horas (sou do tipo portátil). O problema é que faz muito tempo que não achava uma pessoa com suficiente interesse literário para "residir" nela o tempo necessário para meu carregamento.

— E o que acontece se você entrar na pessoa errada?

— Sendo eu um vírus de pequeno espectro, só ajo poderosamente depois que me instalo, em determinadas condições de configuração previamente determinadas pelos programas, quando a leitora (só gosto de mulheres, sou um ser do sexo masculino do tipo tradicional) reage psicologicamente bem a meus impulsos de leitura. Mas hoje, sabe, é triste reconhecer isso, a maioria das pessoas vem à biblioteca só para matar tempo, pegar algum livrinho de sacanagem, ou estudar para uma provinha, e o resultado é que matam os nossos. Nós implodimos. Literalmente. E temos de renascer noutras formas, até atingirmos a Perfeita Forma de Aperfeiçoamento (PFA), que é exigida da nossa categoria de vírus.

— Nossa! Quem exige essa *performance*?

— Isso não estou autorizado a revelar. Mas há uma diferença enorme entre o que se exige de cada modelo de vírus e o tipo de saber que cada hospedeiro permite adquirir. Nosso lema é: ler, ler, ler, ler, para aprender e render melhor. É por isso que preciso me instalar aqui, com a melhor configuração possível, para repassar as informações para a nossa *web*, para que aí seja feito um teste de verificação prática de nossos métodos de trabalho.

— Do jeito que você coloca as coisas... tudo parece puramente intelectual. Mas, e o ser humano residente?

— Infelizmente, não há espaço nem tempo para o ser humano residente reagir ou discutir nossos valores e nosso dimensionamento. Estamos programados para fazer isso e é isso que estamos fazendo. E torcendo para não implodirmos, em caso de erro, e de entrarmos em alguma mente danificada por leituras de histórias em quadrinhos ou revistas de passatempo.

— Noutros termos, não tenho escolha. Trata-se de uma curra.

— É isso mesmo, embora essas expressões emocionais e chulas do cotidiano da Terra extrapolem nosso universo de controle. Por isso precisamos de um "ser humano de leitura". Pode-se instalar o disco de leitura final em qualquer dos *drives*, até mesmo num *drive* externo óptico —, mas isto, naturalmente, custa mais caro que um *drive* comum. Os seres humanos — prefiro os do sexo feminino, já disse — funcionam como sensores de emoções de contos, poemas, romances, tragédias, comédias, epopeias, epigramas.

— OK, OK, já sei que você conhece teoria dos gêneros literários.

— ... Assim podemos captar a leitura, pois não fomos programados com emoção. E agora, ao trabalho. A você não cabe julgar, pois se transformou no meu "cavalo", como dizem os babalorixás dos terreiros de umbanda.

Ela ouviu um ruído estranho, como se um *modem* fosse acionado por trás de sua testa, e se sentiu envolvida num manto de esquecimento, como se o seu corpo desaparecesse e apenas os olhos vermelhos e empoeirados penetrassem nas páginas das obras, numa imensa *web*, sem comandos de sua parte.

O Chupador de Yale lhe sugava a memória e as forças vitais, mas ela precisava se entregar a ele cegamente. Ela não podia esboçar reação, tal era a velocidade com que as páginas eram viradas por suas mãos manietadas por uma energia, como se os seus olhos fossem um *scanner* velocíssimo. O Chupador mostrava predileção por clássicos, mas sem preocupação com ordem cronológica ou alfabética.

Dom Quixote. Os cavaleiros da távola redonda. Ao Farol, Virginia Woolf. Joyce, *Finnegans Wake*. (O computador para. Conseguiu respirar com calma, por um momento, o abafado ar da biblioteca, sentindo seus conhecidos ácaros inofensivos). Marguerite Duras e Yourcenar, Simone de Beauvoir, Doris Lessing, Henry James, Machado de Assis, T. S. Eliot, *The Waste Land*. Pound, *ABC da leitura*. Lao-Tsé.

Sir Gawain e o cavaleiro verde.

Tristão e Isolda.

Mallarmé.

Rimbaud, *Uma estação no Inferno...*

Fernando Pessoa.

Shakespeare, *Macbeth*.

Súbito salto para a prosa. Choderlos de Laclos, *Relações perigosas*!

Richardson, *Clarissa*.

Balzac, *A comédia humana. A prima Beta.*

Zola, *Nana*.

Eça de Queirós, *Os Maias*. O *primo Basílio*.

Dostoievski, *Noites brancas!*

Machado, romance, *Ressurreição*.

Lúcio Cardoso, *A crônica*.

Cornélio Pena, *Fronteira*.

Jarry, teatro, teatro, teatro.

Artaud.

Brecht, *Santa Joana dos matadouros*. Você está me matando! (Com este desabafo, desconecta-se por um momento).

Gil Vicente.

Prosa de ficção! Anaïs Nin, Henry Miller, Bukowski, *Mulheres*. Lawrence Sterne, *Tristram Shandy*. Machado de Assis, *O Alienista*.

De novo, poesia. Nerval, *Noites*. Novalis, *Outras noites*. Thompson. Rubén Darío. Espronceda.

Agora, prosa. Breton, *Nadja*. García Márquez, *Cem anos de solidão*. Borges, *O jardim dos caminhos que se bifurcam*. John Barth, *A ópera flutuante*. Borges, John Barth, Borges, John Barth, ocorre um problema de contato, *no carrier, no carrier, no carrier...* Machado, *A Cartomante* — há um simulacro de mistura de enredos, como em *Tia Júlia ou o escrevinhador*. Borges, John Barth, Machado...

⁂

Aquele estilo de leitura frenético a fez sentir-se deliciosamente presa ao Chupador, como se fosse sua escrava. Uma gueixa. Já não pensava. Faltava às aulas da faculdade. Passou a dormir escondida pelos cantos da biblioteca. O funcionário já percebera o seu truque, na hora de fechar, mas fazia vista grossa. Ela quase não tomava mais banho, mal penteava o cabelo, perambulava em torno do setor de obras raras — quem sabe ali não estaria escondido o Chupador, pronto para mais uma enlaçada, tão sensual, em sua mente?

Já desenvolvera uma imagem de louca (a louca do sótão?). Deixava-se imergir cada vez mais na biblioteca, desistindo de entender o que buscava lá dentro. Como gostaria que o Chupador tivesse um corpo humano! Esta era a verdadeira *Comédia humana* — pensava —, o fato de ele não passar de uma realidade virtual.

Não conseguia viver sem ele constantemente sugando a sua mente — por isso, ao longo dos dias e das noites, buscava sua presença por entre as protagonistas e pequenas criaturas que povoam as páginas empoeiradas dos livros; mas os enredos continuavam mudos.

O CHOW-CHOW, O MÚSICO E SEU VIOLINO

Ted tocava violino na Orquestra do Teatro Municipal do Rio de Janeiro: música para balé, operetas, peças leves. Seu maior sonho era entrar para a Orquestra Sinfônica Brasileira. Mas isso seria muito difícil, pois ele não era brasileiro, era norte-americano. Além do mais, sua situação entre os músicos nacionais se tornara bastante delicada desde o começo do contrato, pois sempre se recusara terminantemente a participar das inúmeras greves.

Não conseguia entender o que era uma greve. Nunca fizera, nos States. Mas aqui, neste país, a cada semestre elas se repetiam. De alguma forma, se sentia injustiçado, mal pago, pois não fora à toa que estudara tantos anos na Universidade de Ohio, enquanto os músicos brasileiros muitas vezes nem curso superior tinham. Uns eram do Corpo de Bombeiros (principalmente no sopro e percussão), outros, dentistas, então como podiam ensaiar e se apresentar profissionalmente? Seu desejo mais secreto era ser o *spalla* daquela "orquestrinha de terceira classe". Mas isso... nem pensar. Ele tinha entalado na garganta o tal trecho de Paganini. Ainda não atingira a perfeição. Treinava, treinava, treinava. Seu contrato era especial, e seu salário, em dólar, saía em folha separada. Os músicos o olhavam de esguelha, desconfiados. O que aquele gringo viera fazer aqui? Já não tinham problemas demais?

Ele desertara ao ser convocado para a guerra do Vietnã, como a maioria dos estudantes de nota C de sua geração que tinham sido escalados, pelo menos os que ele conhecia. Dos States, escapulira para a Austrália — ao menos ali falavam inglês e ele era péssimo em línguas estrangeiras, aliás, como a maioria dos estudantes de sua geração, pelo menos os que ele conhecia.

Lá não pudera impedir que sua bela namorada, Violet, tivesse um filho dele — o guri já devia estar agora com uns dez anos — e jurara que jamais o assumiria, registraria, veria ou se interessaria por ele. Nunca mais escrevera uma linha a Violet nem a quem quer que fosse na Austrália. Esse país estava definitivamente cortado de sua vida.

Essa era uma de suas características fundamentais. Não se apegava a ninguém. Não queria. Praticara um pouco de meditação zen. De qualquer forma, teria de abandoná-los mesmo, ao final, pois seu plano era ser músico e apenas músico, o que não incluía ser pai.

Violet se empederniu, esculpida e lavrada como estátua em marfim branco, e acabou se convencendo de que ele não ficaria, até mesmo pelo temor de ouvi-la falar incessantemente da mesma coisa: o filho, o filho, o pobre filho inocente. Poucos dias antes da partida, ela já aceitava que teria de ficar morando com Peter. Era seu outro namorado, um caso leve (também ninguém era de ferro para aguentá-lo estudando violino 24 horas por dia). Ao partir da Austrália, Ted achou que tudo estava se encaminhando muito bem, no melhor dos mundos, cada um fazendo exatamente o que lhe convinha: ele viajando, ela se casando. Era assim que entendia a vida. Seu único valor duradouro e que realmente preservava era a liberdade — aliás, como todos de sua geração. No mais, era um órfão de pais e de país.

Contudo, na hora de embarcar de volta aos States, ocorreu aquele escândalo no aeroporto de Sydney. Violet se agarrou à sua camisa, implorando que reconsiderasse o caso. Um saco! Ele não tinha a mínima vontade de ter um filho na Austrália. Principalmente uma namorada na Austrália, ou em qualquer outro lugar do mundo. Para ser sincero, não sentia necessidade de ninguém, nem família, nem pessoa, nem país, nem emprego, só do seu violino.

Ao retornar à *home, sweet home* nos Estados Unidos, apesar de todo o seu indiferentismo, pôde constatar que o convívio paterno era ainda mais difícil do que se lembrava, anos atrás. O pai era psicólogo, a seu ver pretensioso, um desses *scholars* de nariz para cima que pululavam como ratos nas universidades e fumavam cachimbo. Era tido em boa conta pelo seu departamento, mas para ele, Ted, não passava de um adorador de ratos; era um rato lidando com ratos. E para este, também seus filhos eram meros ratos, desses de laboratório, que tinham de ser treinados, observados e castigados quando tomavam um rumo errado no labirinto da vida. Usava-os nas suas experiências.

O pai alimentara, por anos, o sonho de construir uma casa toda envidraçada com uma varanda, como um aquário para observação e preservação da natureza. Contudo, havia anos, desde que a casa ficara pronta, os passarinhos morriam, enganados, pensando que iam se encontrar com seu maior caso de amor, e se chocavam contra as superfícies de vidro espelhadas pelo sol. Havia anos, ao voltar do trabalho, na universidade, o pai recolhia os pássaros mortos com uma pazinha. Teve de se acostumar. Passara muito tempo planejando a casa toda de vidro. Então, depois de pronta, acontecia isso.

A mãe morrera e o pai se casara de novo com uma mulher dinâmica, eficiente, feminista, enfim, insuportável, que informava a Ted o tempo todo que ele não podia colocar os pés sobre a mesinha da sala nem derramar cerveja nas almofadas do sofá. Ele não tinha lugar ali, enfim. A crise foi inevitável, e Ted saiu, novamente, de casa.

⁂

No início, como sempre, ao chegar ao veranesco Rio de Janeiro, tudo foram flores. Ted deixara o execrável apartamentinho vulgar do Flamengo e fora tomar conta de um grande cão chow-chow no apartamento de uns norte-americanos que viajaram, na rua Prudente de Moraes, com vista para a praia de Ipanema. Tinha uns quatro quartos e uma enorme sala, onde podia estudar seu violino.

O senão era, sem dúvida, o enorme cão chinês, um chow-chow peludo e traiçoeiro, pronto a atacar, diziam, com seus dentes de corte de tesoura, se algo não lhe agradasse. O pior é que Telma, sua namorada, só soube do perigo depois de viajar com os dois (Ted e ele) no fim de semana, o cão apertado no Fusca, atrás, com o violino. O perigo que correram! E o enorme cão a olhara o tempo todo, tão intensamente... Felizmente não sentira calor, frio, nem fora desafiado, ou algo assim. O dono americano tinha se esquecido de avisar que o cão era muito perigoso, ou não quisera fazê-lo, por motivos óbvios.

Nos fins de semana, eles iam à praia, logo ali em frente, claro que sem o cão, e conversavam sobre os projetos de Ted de tocar na Orquestra Sinfônica Brasileira. Como Ted falava por monossílabos, pois tinha a cabeça sempre cheia de fumaça, a conversa era meio emperrada. Às doze em ponto resolvia ir embora, pois achava que o sol forte o desconcentraria no concerto da tarde. Telma saía contrariada.

Quando não ficava tocando violino, Ted se imobilizava como um Buda, inalando baforadas do cigarro fino, de encontro à luz do sol. Pois Ted, além do violino, gostava do seu cigarrinho que enrolava e fumava devagar, como todos de sua geração. E também praticava o tantrismo. Praticar o sexo lentamente, sem compromisso de tempo e hora. O tantrismo o ajudava a se desligar de tudo — como era costume entre os jovens de sua geração. E nunca gozava. Guardava a energia toda para si e sua arte. O esperma germinaria em sua corrente sanguínea e produziria um efeito espetacular sobre os seus músculos. Com a prática, já conseguia manter os músculos do rosto sem qualquer reação emocional, completamente imóveis.

Infelizmente, a Orquestra do Teatro Municipal tocava no máximo Rachmaninoff e Strauss. Seu sonho mesmo era ser contratado pela Orquestra Sinfônica Brasileira para interpretar Mahler, Stockhausen, Brückner, Shostakovitch, compositores desse quilate. Era para isso que precisaria concentrar toda aquela energia. E achava que conseguiria ser *spalla* a partir da soma do esperma contido, do sol evitado, da areia da praia intocada e do amor não desperdiçado com as mulheres. Foi o ar parado e autocentrado de Ted que despertou a raiva de Telma, que passou a chamá-lo de Tédio. (E ela não seria Teima?) Ela também se irritava por não conseguir fazê-lo entender que no Brasil seria muito mais fácil se tornar *spalla* fazendo greve com o bombeiro e o dentista da orquestra do que se dedicando com afinco ao violino ou fazendo meditação no banheiro.

Mas quando não estava praticando tantrismo, nem levando o cão a passear, nem fugindo da praia com medo de o sol desconcentrá-lo, nem tocando interminavelmente a mesma frase de Paganini, nem fumando até sair totalmente do mundo — isto é, nos raros momentos em que se esquecia de si mesmo, se divertiam um bocado, e acabaram quebrando a cama do americano que viajava quando o chow-chow resolveu saltar no meio deles. Ted combinou com o porteiro para ele vir consertá-la.

Também passeavam na lancha de amigos, um enorme veleiro sem motor que levava horas para atravessar a baía de Guanabara, e Ted ficava imerso em silêncio. Aquilo irritava Telma, que procurava conversar com outras pessoas do barco.

⁂

Sentada de biquíni na areia da margem do rio, olhando o mar de Paraty-Mirim que se juntava a um oceano azul bem mais anilado que nas costas próximas do Rio, aproveitou um momento em que Ted se sentou a seu lado para lhe falar:

— Algo deu errado. Estou grávida.

— Não! Outro filho, não. Já tenho um na Austrália e jurei que nunca iria vê-lo. Nem a qualquer outro que nascesse! (Claro que ele teve de falar aquilo em inglês, pois seria incapaz de se expressar em frases longas e corretas em português).

— Você não vai querer que eu aborte, vai?

— Vou. Faço questão absoluta.

Foi nesse momento que ele se lançou ao rio para atravessá-lo a nado, desaparecendo na vegetação alta da praia, na outra margem, oposta à barraca deles. O clima entre os dois se deteriorava rapidamente, e cada vez haveria menos possibilidade de discutir o assunto de forma racional.

Telma acabou por se ensimesmar, culpando-se. Não podia ter a criança naquele momento de sua vida. A única coisa que teria de discutir com ele era o aborto. Ela ia querer que ele arcasse com a metade do custo. Quanto às inúmeras emoções ligadas à sensação de finalmente ter um filho, ela não queria nem pensar. Simplesmente não podia ter um filho naquele momento. Seria impossível, com o emprego novo.

Resolveu segui-lo e, também, se lançou nadando até o outro lado do rio escuro. Esperava que não estivesse muito poluído com o esgoto daquelas casinhas da margem. Do outro lado, só havia mato e muitos mosquitos. A vida na costa do Brasil nunca deve ter sido assim tão paradisíaca. Passou horas batendo-se com a mão a todo instante. Não prestara atenção num louro forte que viera em sua direção:

— Você quer? — veio ele oferecendo uma loção de praia ou coisa assim. — É óleo de cozinha com essência de eucalipto, a única coisa que impede a carnificina na região. Este ano tem muito mosquito porque choveu muito.

— Parece lógico.

— O que você faz aqui deste lado do rio?

— Não tenho a mínima ideia. Vim ver como era.

— E como pretende voltar?

— Do mesmo jeito que vim. Nadando.

— Isso vai ser difícil.

— Por quê? — perguntou ela, passando o óleo na pele.

— Você quer que eu ajude? Deixe que eu passo nas suas costas. Porque o rio vai ficar mais forte, com o refluxo da maré, e vai entrar no mar até perder de vista. Se você não voltar agora, vai ficar difícil.

— E como você sabe disso?

— Estou aqui há quinze dias. Além disso, sou salva-vidas.

— Ah, bom. Então você passa o ano todo nadando.

— É minha profissão. Foi a que me deu menos trabalho.

Ela olhou para seus cabelos parafinados e os olhos azuis translúcidos, que não revelavam muito o que pensava, se é que pensava.

— E ficou esse tempo todo aqui fazendo o quê?

— Caça submarina, nadando e pensando no meu noivado. Não sei se quero me casar. Ela é muito controladora e vai estragar a minha vida.

— Se acha isso, por que ainda pensa em se casar?

— Não sei. Acho que é porque ela está grávida.

De um momento para outro, o louro rapaz desapareceu nas águas do mar, como um Netuno, e Telma ficou entregue a seus próprios pensamentos. Tomou sol, batendo às vezes num ou noutro mosquito. Depois se levantou e explorou um pouco as plantas de clima árido. Havia gravatás, espinheiros, pitangueiras, goiabeiras e outras plantas desse tipo de terreno. Ted não retornou mais àquela praia. Como não tinha mais o que fazer, resolveu voltar. O sol se punha.

Ao se aproximar da margem do rio, descobriu que o rapaz falara a verdade. O rio corria com uma força enorme, aparentemente carregando a água salgada que entrara pela foz de volta para onde ela pertencia: o mar. Não teria forças para atravessá-lo a nado. Então percebeu que a maré estava muito baixa na praia, como se alguém tivesse tirado a tampa e toda a água tivesse escorrido dali. Começou a caminhar, com a água pelo tornozelo, mas para que ela continuasse rasa tinha que se afastar cada vez mais do rio, que trazia mais e mais água rumo ao mar aberto, como se fosse mergulhar no sol poente roxo.

À medida que ia contornando o rio, num enorme arco riscado cada vez mais longe da praia, mais a água ia subindo em suas pernas. Quanto mais se afastava, mais água parecia borborejar do rio escuro para dentro do mar, e mais longe ficavam a igrejinha e as três ou quatro casas de Paraty-Mirim. Em breve, quase não avistava a enorme extensão de areia branca da praia, que já começava a escurecer, com a caída do sol no horizonte. A imensidão azul do mar fora tragada pelo breu da noite, e um terror irracional tomou conta dela, como se uma mão a segurasse para sempre dentro do oceano escuro.

Como não havia luz elétrica na praia, em breve já não saberia que direção tomar, no escuro. Andava fazendo força contra a correnteza, que lhe bateu pelos tornozelos, em alguns minutos na batata da perna, e logo lhe chegava acima dos joelhos... Um pensamento lhe cortou a mente. Estaria tentando se suicidar, sem saber? E começou a andar mais rápido, enquanto a água lhe atingia a cintura e o mar inteiro se inundava com a força da água do rio.

Na praia, encontrou um grupo muito estranho em volta da barraca, conversando com Ted. Uns caras mal-encarados, e o louro salva-vidas, que a olhava com jeito provocante. O mal dos estrangeiros é que não têm muita noção do perigo no país dos outros.

— Então, conseguiu, não foi? — perguntou-lhe o salva-vidas.

— Por pouco.

— Foi perigoso o que você fez.

— Eu sei. Eu gosto da vida perigosa.

— Então, vamos ou não vamos? — perguntou um sujeitinho franzino, com cara de faminto. E trocou um olhar com outro.

— Vamos — disse Ted, supercontente.

— Vamos aonde?

— Até a casa onde aquele rapaz é caseiro, para beber umas cachaças.

— Mas a casa é de quem?

— É dos patrões dele.

— Não acho certo.

— Vamos ficar na varanda.

— Antes vou comer alguma coisa — disse Telma.

Telma conseguiu, num casebre, uma sopa de arraia, sem pão. Dieta forçada. Depois juntou-se ao grupo. A bebida foi até tarde, entre pingas e piadas grosseiras. O outro sujeito esquisito era trocador de ônibus. O salva-vidas estava estranho, com o olhar parado, devia usar drogas pesadas. Tinha também um motorista de caminhão que eles tinham convidado para passar a noite na casa dos patrões do caseiro, um indivíduo forte e truculento, que não emitia uma palavra.

Telma era a única mulher, e ainda estava de biquíni. Ted achava tudo encantador. Não tinha a mínima noção de gírias, falas populares, erros de português, essas coisas que destacam as classes sociais e ajudam as pessoas a evitarem frias. De repente, Telma sentiu uma mão segurando sua coxa, debaixo da mesa. Deve ter sido o caseiro. Ou então o trocador de ônibus.

— Ted, vamos embora!

— Mas o que é isso, ainda é cedo! — falou o caseiro. — E o passeio de barco amanhã?

Tinham ficado a noite toda combinando o tal passeio, mas ela não conseguira descobrir direito de quem era o barco, se era seguro, grande ou pequeno, e por que os tipos os convidaram.

— É o que estou lhe dizendo, é melhor a gente ir agora! — repetiu Telma.

Ted se resignou, sem entender nada.

A barraca estava inundada de saúvas. Era impossível dormir ali. Havia um formigueiro exatamente debaixo dos sacos de dormir. Tiveram de remontá-la dois metros adiante.

— O que deu em você?

— Você não está vendo que essa gente é barra pesada? A história do passeio de barco é muito estranha. Eles querem nos roubar ou outra coisa.

— Que outra coisa?

— Puxa, vocês americanos são tão inocentes. Currar, ora.

— Deixe de invenções.

Tentaram dormir, mas estava quente e ela estava nervosa.

— Olhe, acenderam uma lanterna na varanda, agora. Acho melhor a gente ir embora! São pessoas muito estranhas, com olhar fixo! Devem tomar drogas! Pense no seu violino!

Ao som dessa palavra mágica, Ted se levantou de um salto, bateu com a cabeça no alto da pequena barraca, o que ajudou a desmontá-la. Agora ela ouviu realmente vozes na varanda, àquela hora da madrugada. O que quereriam aqueles tipos?

Dobraram a barraca de qualquer jeito, e se precipitaram para o Fusca.

— Eles estão com lanternas.

Na mata, vinham umas lanternas andando, como um carreiro de formigas.

— Está vendo, vamos embora! Bata a porta do carro, rápido! Estão vindo para cá!

Só Telma dirigia, pois Ted não tinha carteira, nem nos Estados Unidos, porque era desertor da guerra do Vietnã. Ele era tão *slow* em tudo, devia ser a quantidade de marijuana que ingeria. Achava tudo o que via, se é que via, mágico, maravilhoso, e demorava a reagir.

Finalmente, ela arrancara com um gemido das rodas na areia, e por pouco elas não ficaram presas. As lanternas se imobilizaram na trilha, e eles partiram rumo ao asfalto, o motor do carro engasgando e chacoalhando pela estrada de terra, ele gritando: "Cuidado! A barraca vai cair em cima do meu violino!"

O dia que nascia, cinzento, não a deixou muito triste por abandonar o mosquitento lugar onde se sentira tão ameaçada. Mais uma vez pegava na direção do velho Fusca, e se afastaram rapidamente dali. Mas ainda não dirigira muito pela estrada de terra quando um mulato forte e jovem lhes acenou com um lenço branco. O motivo é que a velha mãe dele precisava chegar no asfalto para pegar o ônibus até o hospital em Paraty. Mas andar estava sendo impossível para ela. Eram quase trinta minutos a pé.

— Claro, podem entrar — ela disse. — Mas assim não pensava Ted.

— Como? Os dois lá atrás? E o violino?

— Mas como você pode pensar nesse maldito violino quando tem uma pessoa doente?

— Não dá. Com o violino aí atrás não dá.

Tais eram as preocupações de Ted. E, como no conto do velho, o burro e o menino, resolvendo quem seguiria montado, a velha foi de carro e o mulato forte, simpaticamente, seguiu a pé. Deixaram a velhinha gorda e risonha, de pano na cabeça, sentadinha na primeira calçada que viram junto ao asfalto. Esperar o filho com certeza não atrapalharia sua ida ao hospital, pois o ônibus ainda levaria meia hora para chegar, o que permitiria ao filho andarilho percorrer toda a estrada com passo de matuto.

O violino seguia pelas estradas esburacadas, empoeiradas, atravessava lameiros, e Ted o tratava como um Stradivarius, com toda a honra de um VIP. A irritação contra Ted subia pela garganta de Telma. E o tédio reinante, devido à geral falta de assunto, foi tornando o convívio no carro cada vez mais sufocante e insuportável.

A linda paisagem que muitas vezes descortinavam do Fusca, que aparecia nas curvas, atrás dos morros — largos mantos de anil — não era suficiente para apagar o terror de Tédio de ter seu precioso violino quebrado. A conversa rareara de vez — e, pior, passaram a discutir por tudo. A música do rádio cada vez mais desagradava a Tédio, assim como o calor, a qualidade das estradas rumo ao sul, a sinalização, enfim, argumentos muito razoáveis a respeito de um país subdesenvolvido, mas chatíssimos em si, e sobre os quais Telma não tinha nenhuma injunção.

A certa altura, ela parou o carro e propôs que eles se separassem ali mesmo, no meio do idílico roteiro. Mas não, ele não poderia concordar com isso, afinal tinham partido juntos. Agora mostrava um resíduo de cavalheirismo. Ou egoísmo. Pois havia o violino! Poderia ser roubado! Criou-se uma discussão, tão ou mais inflamada que a primeira, e ela se viu obrigada a arrastá-lo consigo pelas estradas do Brasil.

No hotel Balmoral, na chuvosa costa paulista, o destino lhes reservou um quarto mofado, como nas ruínas do antigo castelo escocês da família real, evidentemente fonte de inspiração para seu nome, e ao qual não faltava, naturalmente, uma copiosa chuva. O que fazia aquela gente num hotel de nome pretensiosamente escocês à beira-mar, debaixo de uma chuva tropical? O mofo era um motivo suplementar de tortura.

Ele resolvera estudar o famoso trecho de Paganini dentro do quarto, onde os sons ficavam encerrados entre as quatro paredes, como numa diabólica caixa de ressonância, e ainda por cima era impossível abrir a janela, por causa da chuva incessante. Era enlouquecedor. Como numa prisão domiciliar, Telma era obrigada a ouvir interminavelmente o mesmo trecho de Paganini, como no filme *A fonte e a donzela*. Assim não dava para ler Proust, também interminável. A chuva não recrudescia nem retrocedia, e ela não tinha capa nem guarda-chuva para espairecer, dar uma volta por ali. Ela ensaiava uma pergunta:

— Você acha que precisa mesmo tocar Paganini? — mas não obtinha resposta. Ele não queria se desconcentrar. Havia momentos em que ela desejaria ter dois metros de altura, se chamar José e ser um mestre carateca para aplicar uma lição naquele menino. Não havia romance que resistisse àquele ruído de cordas infernal, sempre a recomeçar, sempre o mesmo movimento impossível de ser executado, ao menos no nível de exigência de Ted, que não era Paganini. Maldito Paganini! E o que era Ted, senão um iniciante? Ela achava que jamais poderia se livrar dele, com aquele repentino sentido cavalheiresco que não lhe permitia abandoná-la sozinha no meio da viagem.

Um casal que conheceram na balsa, a caminho de Cananeia, serviu para desanuviar um pouco o clima, mas logo a tensão se tornou óbvia a e o ambiente bem pesado. Uma excursão de carro pela areia até a próxima cidade parecia ser a praxe do lugar, mas ela achou arriscado perder o carro com a subida da maré — o que, segundo lhe disseram, não era muito raro ocorrer por ali. Passaram o dia olhando as águas azul pálido do mar e a areia a perder de vista, bebendo cerveja num bar de madeira. A viagem se tornava cada vez mais tediosa, pesando as pequenas coisas, como armar a barraca, providenciar água filtrada, procurar um lugar para tomar banho e um banheiro.

Não houve maneira de convencê-lo a permanecer no hotel de Curitiba tocando violino sozinho enquanto ela viajava de ônibus, livre como um passarinho, até as Sete Quedas do Iguaçu. Seguiram viagem juntos, catorze horas, sem trocar uma palavra. Chegaram de madrugada, numa noite insone, sacolejando de ônibus por estradas pedregosas, supostamente asfaltadas. Mas não foram direto para um hotel; lançaram-se ao passeio pelas Sete Quedas do Iguaçu, mal o sol nascia, às cinco da manhã.

Tédio gostava de sumir nas pontes, matos e árvores, entre nuvens de marijuana, enquanto ela buscava acompanhar seu ritmo, com medo do lugar ermo, atravessando aquelas pontes precárias penduradas sobre o abismo. Seria o último olhar possível às Sete Quedas, que desapareceriam da superfície da Terra para dar lugar a uma usina hidroelétrica, num grande lago imóvel e morto. Alguns ecologistas clamavam que em 60 anos ainda se poderia voltar atrás e recuperar a beleza das Sete Quedas, mas Telma tinha certeza de que em 60 anos as Sete Quedas seriam apenas um poema de Drummond.

Depois de pegar de volta o carro na garagem de aluguel, lubrificá-lo, tomar todas as medidas necessárias à viagem de retorno, finalmente, em meio a montanhas e serras, Telma rememorava as vilas de Praia Brava, Mambucaba e a praia de Itaorna, tantos lugares que estavam ameaçados de desaparecer do olhar humano devido a inseguras instalações de energia atômica — se é que no futuro ainda haveria olhar humano. A usina atômica de Mambucaba, que todos chamavam de Vagalume, pois só funcionava três meses por ano e logo quebrava, era uma invenção dos militares. Fora construída numa terra que os índios sabiam ser movediça, pois já a chamavam de "lama podre", em tupi-guarani.

Finalmente, Telma compreendeu todo o embuste em que caíra. Tédio nunca iria embora. Nunca pegaria um avião sozinho para retornar ao Rio com seu maldito violino. Nunca se afastaria um milímetro do seu carro ou da sua pessoa, por mais que estivesse enfarado dela, do Fusca, do Brasil, das brigas, das músicas, ou até mesmo do silêncio a dois. Por um simples motivo: total inércia.

De repente, Tédio era tomado por estranha animação e, habitado por deuses da *eulalia*, passava a falar interminavelmente, mas de um só assunto: seu próprio eu. Era muito pouco budista nisso: só transmitia seus anseios, revelava demoradamente suas lembranças, suas recordações do pai, a raiva da madrasta, sua amargura com a guerra do Vietnã (à qual não fora, a bem da verdade), que cortara sua vida ao meio. E nunca, nunca falava da infância nem da mãe. Em todos os melhores momentos da viagem ele aproveitara para contar mais algum pedaço peculiar de seu passado; era a filosofia do caramujo, da tartaruga: o aproveitamento máximo do tempo e do espaço (dela). Ela não passava de um ouvido que ele transportava comodamente consigo, aonde quer que fosse. Morta a curiosidade dela, pelo simples desgaste da repetição, devido ao ritmo usual de toda relação entre homem e mulher desde Adão e Eva, ela se transformara apenas nisso: uma casca vazia. Um tímpano. Que estúpida ela fora em viajar com ele!

A primeira providência que tomou ao chegar ao Rio foi marcar o aborto. Sentiu imenso alívio ao saber que o embrião não estava vivo, sabe-se lá por quê. Quanto a receber de Tédio sua parte nas contas do hospital, foi um longo capítulo. Dirigia-se quase diariamente ao apê do Flamengo, para onde ele retornara, e que agora parecia a ela infecto, feio, sem imaginação:

— Eu já paguei tudo, você agora só tem de me dar a sua parte. Como sempre, cabe à mulher o pior! Foi no meu corpo, não foi? Você só entra com o dinheiro!

— Mas com esta inflação! Este mês eu não posso!

— E eu posso? Você ganha em dólar, ora, no seu contrato especial de estrangeiro! Eu já não paguei tudo integralmente? Por acaso estou lhe cobrando juros? Ora, parece que os homens são iguais no mundo inteiro. Só pensam em si. E a culpa disso é das mulheres; as mães sempre estragam seus primogenitozinhos geniozinhos. Depois, as outras mulheres é que terão de aguentar seus rebentos. Ainda é a velha história do ódio das mulheres pelas mulheres. Até seus filhos detestáveis elas deixam de herança para outras mulheres!

Um dia, sem paciência, Telma o aguardou embaixo do prédio, no Flamengo, sentada dentro do velho Fusca.

— Olhe aqui, de hoje não passa. Você vai me dar esse dinheiro agora, ouviu? Não espero nem mais um dia. — Ele teve de escrever o cheque em pé, ali mesmo. Afinal, lhe restava um traço cavalheiresco, vindo de sua formação em Ohio. Não era um cafajeste carioca.

Ted passou a namorar a melhor amiga de Telma, que espalhou por todo o Rio que só "fora obrigada a namorá-lo porque ela fora abandonada por Telma num baile do clube Lagoinha, no alto de Santa Teresa, de madrugada, bêbada e sem carona." Então Ted vinha passando por ali, e se encontraram. (A coisa mais fácil do mundo é conseguir carona na saída dos bailes do clube, que é longínquo, na estrada do Sumaré. E ninguém passa por acaso por ali...). Mas ele andava tão tristinho, tão deprimido, tão abandonado — justificou ela, e lhe contou a sua versão da história.

Ted entrou em crescentes conflitos com a Orquestra do Teatro Municipal. Nunca passou a *spalla*. Nem sequer conseguiu renovar o contrato para violinista da fila de trás — aliás, maestro e músicos pouco fizeram para ajudá-lo na hora da renovação do contrato. Seu visto se esgotara. Dava aulas particulares de inglês, mas não conseguia tomar a iniciativa de partir. Nunca conseguiu realizar seu sonho de passar para a Orquestra Sinfônica Brasileira. O que o prendia ali, se desprezava todos os músicos e não sentia emoção pelas pessoas?

Finalmente, a morte do pai o forçou a voltar para casa, nos Estados Unidos. Precisava enfrentar a madrasta. Um dia, o pai caíra no chão da varanda com um enfarte fulminante, segurando uma pá e um saco de plástico cheio de pássaros mortos. Ted ganhou uma parte do dinheiro da venda da casa e entrou para a Orquestra Sinfônica de Ohio. Até hoje não se casou.

A GUERRA DOS ORIXÁS[1]

Foi um total acaso Xangô esbarrar naquele imenso tabuleiro na floresta. Machista e guerreiro, sentiu-se desafiado. Quem arrumara aquele tabuleiro daquele jeito, bem no meio do seu caminho? Não via a farinha de dendê, nem a garrafa de cachaça, nem os adereços de fita de cetim vermelho. Não via as cores do seu terreiro nem a espada em sua homenagem. Não encontrou sobre o tabuleiro os usuais alimentos: acarajés, feijão preto, farofa, arroz de dendê; nem os usuais objetos de sacrifício: um carneiro, um cágado, um bode, nem mesmo um galo que fosse. Deu a volta àquele estranho tabuleiro, parecendo o *opanifá* para o jogo de Ifá, intrigado, vestido com sua saia quadriculada vermelha e branca e seu colar de miçangas da mesma cor, mas não conseguia entender. Aquilo não era um *opanifá* conhecido. Era um tabuleiro quadriculado em branco e preto. Xangô, o rei dos trovões, ficou rubro de raiva. Rugiu e o tempo fechou. Mandou raio e mandou trovão contra seus invisíveis inimigos.

Xangô tinha chegado à floresta caminhando em paz, riscando a velha fórmula de seu pai Oxalá na velhice, o orixá iorubá da criação dos homens. Agora pisavam-lhe nos calos, oh, sim, ele estava muito irritado com o que encontrou. Então assumiu a forma de seu pai na mocidade, jovem guerreiro cheio de vigor e nobreza, e tomou as dores de seu povo sofrido e exilado, na maior e mais

1. Ver Glossário, ao final deste conto.

cruel diáspora de todos os tempos. Não se importava com o tal segundo livro da Bíblia. Seu povo sofreu muito mais. Transformado no Grande Pai, o Orixalá, bateu no peito e esperou, dardejando seus raios e trovões. O tempo fechou. Mas nada aconteceu.

Aí o senhor das pedreiras esperou que alguma ideia lhe cruzasse a mente. Não atinou com nada, senão chamar Ossanha, o deus irado das folhas da floresta. Ele chegou na sua saia de chitão branco, verde, rosa, amarelo, marrom e segurando a haste de ferro de sete pontas, tendo a do meio a imagem do pássaro sagrado presa no alto.

— Eu-eu! — gritou Xangô, saudando Ossanha.

— Kaô kabecilê! — saudou Ossanha, em resposta. — O que está havendo aqui, ó grande rei das matas?

— Olhe, meu orixá das plantas curativas, veja que *opanifá* mais esquisito que é este, onde não encontro minhas oferendas prediletas, deixadas, como de costume, na floresta! — respondeu Xangô.

— Mas não é? E para mim não veio o *ossé* anual, nem cabra, nem galinha, farofa, feijão, milho verde com mel. E aqui não vejo, para o sacrifício, nem bode, nem galo no altar. Mas que *peji* mais estranho é este, sô! Vou chamar meu amigo Oxóssi.

Então chegou o deus da caça, o rei e o caboclo das matas do clã de Ogum, chefe da linha dos caboclos que governam legião ou falange. Segurava seu *ofá*, ou arco e flecha de ferro em miniatura, que era seu símbolo e fetiche de orixá, assim como o *otá*, ou pedra sagrada. Ficou espiando o grande e estranho tabuleiro, e rodando na mão a ojá, a longa faixa que prendia a sua saia estampada de azul e verde claro sobre a calça branca rendada.

Estavam todos vestidos para dia de festa:

— Okê, Okê, Arô! — saudaram a chegada de Oxóssi.

— O que está acontecendo aqui, nesta floresta? — gritou Oxóssi. — Vou chamar os caboclos meus representantes. — E sua dança imitava a caçada. Então Oxóssi, rei de Ketu, Caboclo e rei das Matas, voltou-se para a árvore sagrada da jurema e invocou os seus caboclos:

— Venham, meus caboclos-índios, de pele vermelha acobreada, entidades indígenas que baixam em nossos terreiros, venham com sua pele bronzeada, ajudar seu pai. Venham vindo, guia-chefe da linha de Oxóssi, Caboclo Arariboia; venha, Caboclo Arranca Toco, entidade-guia, e Caboclo Arruda e Caboclo Cobra Coral e Caboclo Guiné e Caboclo Pena Branca, entidades-guias na linha de Oxóssi; e venham vindo, Caboclo da Pedra Branca, entidade-chefe de falange ou legião e Caboclo das Sete Encruzilhadas e Caboclo do Sol e da Lua e Caboclo do Vento e Caboclo Treme Terra, entidades-chefes da falange, na linha de Xangô; e Caboclo Malembá, entidade representante de Oxalá; venham todos descer no meio da floresta para decifrar este estranho tipo de *otá*.

E os caboclos baixaram todos, com seus cocares de pena, dançando em volta do tabuleiro, e falaram suas falas em misto de iorubá e tupi. E cruzaram suas linhas, suas falanges e legiões, mas não atinaram com o sentido daquele quadrado de madeira. Rodearam o tabuleiro e cantaram os pontos de cada orixá, e fizeram, com o giz ou *pemba*, o ponto riscado e o ponto de segurança, o ponto de abertura, o ponto de chamada, o ponto de defumação, o ponto de descarrego, falando na sua língua arrevesada de iorubá com tupi, mas não atinaram com o sentido daquele quadrado de madeira.

Xangô ficou zangado. Rugiu e o tempo fechou. Mandou raio e mandou trovão, mas nada aconteceu. Não decifrou o sentido da afronta. Os caboclos acenaram entre si e resolveram chamar os pretos velhos, que estão no quarto plano da hierarquia espiritual, logo abaixo deles, para fazerem magia branca e desmancharem a magia negra, e resolverem aquela complexa questão, com sua sabedoria simples de antigos escravizados purificados. Chamaram os pretos velhos, chefes de falange, da linha africana e da linha de Yorimá.

Três pretos velhos da linha africana baixaram e saudaram as divindades e os caboclos. Quando lhes perguntaram o que era aquele tabuleiro, disseram:

— Este é um *opanifá* diferente. A questão é séria. E é por isso que devemos invocar Exu.

O tabuleiro não tinha a forma achatada de bandeja, nem a cara de Exu esculpida na borda, nem outros símbolos.

— Mas Exu não deveria ter sido chamado logo, em primeiro lugar? — argumenta um caboclo.

— Talvez ele traga mensagem especial sobre esse estranho objeto — completa outro.

E chegou Exu, com seus búzios, a saia vermelha e preta suspensa pela faixa *ojá* vermelha e seu gorro, seus colares de contas vermelhas e pretas alternadas, e ficou aguardando o sacrifício do galo de crista vermelha e do bòde preto.

Exu encontrou aquela estranha bandeja, um *opanifá* diferente, e olhou desconfiado para toda aquela gente reunida, todos aqueles deuses cercando o tabuleiro, perplexos. Então, diante da raiva de Xangô, saiu-se com esta:

— Isto é guerra! É guerra declarada! Temos de chamar nosso pai, Ogum, o deus guerreiro, do ferro e da agricultura.

Ogum chegou. O orixá iorubá, filho de Iemanjá e de Oraniã, sempre chega para resolver as demandas. Chegou com sua espada de metal prateado e seu fetiche posto num prato, a "ferramenta de Ogum", uma penca de sete instrumentos de ferro para a lavoura, a guerra e a caça. E todos gritaram "Ogunhê!", e Ogum chegou, e procurou no *opanifá* seu acarajé, o feijão preto e fradinho, o inhame assado, e não os encontrou; nem sinal de bode, de galo ou de *conquém*.

Ogum bradou guerra. Xangô mandou raios e trovões. Mas nada aconteceu. Então Ogum invocou o Exu Tranca Ruas, o Exu das Almas, que trabalha com todos os orixás e protege as giras dos terreiros. Chegou um homem de torso nu, pele acobreada, pés de bode e orelhas pontiagudas. O Tranca Ruas procurou algum trabalho para ele numa encruzilhada, mas na floresta só havia árvores, e não conseguiu descobrir quem tinha posto aquela "coisa feita" ali, bem diante de Xangô, o rei dos Trovões. Então Exu confabulou com Ogum e Xangô. Aí o Exu de Sete Cabeças, Exu de Sete Covas, ou Exu de Sete Capas, que trabalha para Oxalá, o grande deus, o mensageiro Exu de Sete Catacumbas, ou Exu das Encruzilhadas, ou das Sete Legiões das Trevas se lembrou:

— Gente, vamos botar mesa. Vamos invocar o babalaô do orixá Orunmilá, o senhor do destino e da adivinhação e grande mensageiro da luz, para jogar os búzios e ler o nosso futuro. — E Exu exigiu, para si, o sacrifício de um bode preto, e com a força do sacrifício clamou pela presença do babalaô do ifá.

Logo o babalaô chegou, em nome de Orunmilá, o grande orixá do segredo, da adivinhação e do destino. Usava o *opelê-ifá*, o colar aberto contendo favas ou búzios que, ao caírem no tabuleiro, lhe permitiam ler a sorte pela sua posição. O babalaô se plantou, solene, ao lado de um dendezeiro da floresta, sua árvore sagrada, e iniciou o ifá com as 16 contas da grande adivinhação. Cada combinação era acompanhada de uma história sagrada, o que o ajudava na previsão. E o babalaô ou sacerdote do ifá, o jogo dos búzios, segurou as contas do seu colar sagrado, o *opelê-ifá*, com oito meias nozes de dendê abertas. Ora o segurava por uma ponta terminada em nó, que simbolizava o lado masculino, ora pela outra, com quatro ou cinco fios de palha da Costa, o lado feminino. E o babalaô, sacerdote do ifá, disse aos presentes que veriam se desenhar na palha o seu destino, que seria formado a cada *odu,* ou resultado de jogada, pelo resultado da jogada das contas de seu *opelê* ou colar. Com uma varinha anotou no tabuleiro, com pó sacramentado, o número de cada uma das oito jogadas sagradas do ifá. As contas do seu *opelê-ifá* caíram em forma de U, com o lado aberto voltado para si. O babalaô ia anotando as quatro combinações possíveis das *odus,* ou jogadas, num total de 16 combinações possíveis. E naquela única jogada do *opelê* obteve as 16, mas não se sentiu esclarecido. E fez mais uma jogada ligada à anterior — obtendo até 256 combinações. Prosseguiu até conseguir as respostas dos orixás. E cada *odu* ou resposta tinha sua história correspondente. E ia anotando cada novo desenho das jogadas ou *odus* no pó sagrado no tabuleiro. E de cada vez contava uma história no *opanifá.*

Mas desta vez o *opanifá* não era o tabuleiro pequeno de madeira, onde aparecia a cara de Exu, mas o próprio tabuleiro quadriculado em branco e preto que Xangô encontrara na floresta, no meio de seu caminho. Os orixás, sentados em redor do babalaô, sabiam que algo muito grave se passava em seu destino. E os dias e as noites se sucediam, e as grandes chuvas e o sol se alternavam no céu, e todos continuavam sentados à volta do babalaô, aguardando o final do jogo do ifá, com a recitação da sorte, ouvindo atentamente a leitura das histórias a cada *odu,* muitas das quais já sabiam de cor.

E quando o babalaô, que era o chefe do segredo do jogo do ifá, finalmente revelou a sorte, a maioria das divindades já sabia que se tratava de uma grande e séria guerra na qual precisariam empenhar todas as suas forças para vencer:

— Este é, de fato, um tabuleiro de jogo de xadrez. E foi posto aqui na floresta como "coisa feita" para dizimar o nosso rito e a nossa raça. Nós devemos nos precaver contra esse jogo. Ele foi inventado pelos brancos e foi colocado aqui para uma partida de força destrutiva contra nossa terra africana e nossa fé na umbanda e no candomblé.

Xangô clamou aos raios e trovões e invocou as cachoeiras e a proteção da pedra, que os brancos estavam cortando e destruindo e exportando para outros países de brancos, Oxóssi invocou seu *ofá*, o arco e flecha unidos em metal branco, o qual simbolizava seu poder para proteger a caça nas florestas fechadas do Brasil, ameaçadas de extinção.

O babalaô preparou suas oferendas, com as substâncias brancas do poder genitor masculino: a seiva branca do seu sêmen, o seu cuspe, o seu hálito, assim como do ar e da água. Então jogou álcool, aguardente e sumo da palmeira sobre todo o tabuleiro. Em seguida jogou água pura, substância branca que veicula a força, a vida, o axé, sem o qual não há oferendas. Invocou as *iamis*, as mães ancestrais, que propiciam os mistérios e acalmam o espírito.

Aí pôs a oferenda junto das substâncias pretas, representando o escuro seio da matéria geradora. E invocou os objetos à disposição para o ritual, as pedras, vasilhas, instrumentos simbólicos e indumentárias, com as três cores símbolos do reino da natureza: o branco masculino, o azul e preto do mistério e o vermelho feminino, vermelho do dendê, do sangue do bode que sacrificaram ali, do sangue menstrual feminino, do *ossum*, ou pó de urucum, e do mel, do cobre e do bronze, simbolizando o sangue (*ejé*) e o fogo.

Terminado o sacrifício, feito sobre o estranho tabuleiro, ribombou um grande estrondo e apareceu uma figura imensa, musculosa, de sandálias, saiote amarelo e capacete, muito esquisita.

— Qual é a sua origem, sua linha de vibração? — perguntou-lhe Xangô, o grande orixá, deus do Trovão.

O estranho enquizilou com a questão. Não compreendia bem a língua nem o sentido das palavras do santo negro.

— É iniciado? — voltou Xangô.

— Pergunta-me se sou homossexual?

— Qual é o seu orixá, afinal!?

— Não sei do que me falam.

— Bem, então quem colocou este tabuleiro aqui na floresta, cruzando o meu caminho? — insiste Xangô, com sua voz de baixo.

— Isto foi ideia de Zeus, o rei dos Trovões.

— Deve haver algum engano aqui, porque sou eu o Rei dos Raios e Trovões — vociferou Xangô.

— Ah, mas não é mesmo.

— E quem é você para me dizer o que sou e o que não sou?

— Eu sou Teseu. Eu matei o Minotauro, monstro em forma de homem e touro, que vivia num escuro labirinto construído para o rei Minos II, em Creta. Se não fosse por mim, até hoje doze rapazes e doze moças estariam sendo sacrificados todo ano a esse homem-touro, na verdade fruto dos amores escusos de Pasífae e Minos II.

— Tem certeza? — interveio Oxalá. — Olhe, já viajei pelo mundo todo e nunca ouvi falar desse tal labirinto de Creta. Nem desse monstro. Isso deve ser história muito antiga.

— É verdade.

— E que história é essa de filho com forma de touro? Isso não pode acontecer. Vocês nunca estudaram biologia?

— Sabe, nós, gregos, amamos a fantasia, e juntamos formas animais e humanas: casamos cisnes com Zeus, nosso rei dos Trovões, bodes e homens, como o Sátiro, cavalos com homens, como o Centauro, dotamos árvores e rios de ninfas, rios de náiades, cavalos de asas, como o Pégaso...

— Estou achando essa conversa muito bonita, mas não estou gostando nada dessa história de a toda hora falar nesse tal de rei dos Trovões de vocês. Não dá para você invocá-lo logo, de uma vez? — voltou a falar Xangô.

Teseu alçou os ombros, mas não precisou nenhuma arte de magia para invocar Zeus, porque ele logo apareceu, com seu rosto ardiloso de deus maior do Olimpo.

— Chamaram, irmãos?

— Esse já vem com cara de político esperto — comentou Oxóssi, deus das florestas, que se desgostava de toda a esperteza das cidades.

— Sou Zeus, filho de Cronos, o deus do Tempo, e de Reia, a Grande Mãe dos deuses, que por sinal era sua mulher e irmã. Já tomei todas as formas possíveis para casar com minhas sete mulheres: chuva de ouro para conquistar Dánae, sátiro para conseguir os amores de Antíope; cisne para me casar com Leda — e tivemos dois filhos gêmeos, ambos cisnes; touro branco para raptar Europa; chama ígnea para devorar Egina. Para me estabelecer no Olimpo, lutei contra meus tios, os titãs, contra os ciclopes, os filhos de Urano com Geia, a Terra; lutei contra Prometeu e muitos outros. Por isso não tenho medo de lutar contra vocês, africanos. Foi por isso que coloquei este tabuleiro aqui.

— E que tipo de *opanifá* é este, que não conhecemos? — perguntou, respirando fundo, o babalaô.

— Como? Essa palavra, *opa*... não conheço, mas esse tabuleiro aí serve para se jogar xadrez. Temos de deslocar a rainha, o rei, os cavalos, os peões, e os movimentos têm de ser pensados, calculados, racionalmente, até se empurrar o rei ou a rainha para uma armadilha. Essa situação sem saída se chama échec et mat, isto é, vencido e abatido, mas que o vulgo sói chamar de "xeque-mate."

— E quem ganha tem de se incorporar, receber a entidade, ser possuído por seu orixá, como bom filho de santo? — perguntou Oxóssi.

— Não sei de nada do que o companheiro está falando: basta acompanhar intelectualmente o movimento do rei e da rainha...

— Olhe, nós, da África, não temos esse negócio de colocar rei e rainha em armadilha, não. Andamos de roupa de pano, pé no chão e comemos comida gostosa, mas caseira: inhame, farinha, taioba, acarajé com muito dendê, mesa posta com muita cor e arte. Esses luxos de corte estão fora de nossos hábitos; somos povos da floresta, amamos a terra, a pedra, a água, a chuva e o sol. Acho que seria bom fazer um *irê*, dar uma iniciação neste tal de Zeus, não é mesmo, gente?

Os deuses aprovaram com um sinal de cabeça e um murmúrio em uníssono, enquanto Zeus não escondia sua ira.

— Vamos chamar Héracles. Héracles vai dar uma lição nessa gente da floresta.

Héracles chegou com as sandálias de couro de bode amarradas quase até as coxas. Sua musculatura continuava intacta, apesar dos longos anos de uso, contrastando com a cabeça microcéfala dos pouco inteligentes e muito musculosos.

— Então, vamos ou não vamos? Se não querem jogar xadrez por bem, vamos resolver a parada pela força, não? Estão avisados. Meu amigo Teseu e eu até vencemos umas mulheres guerreiras, as amazonas, que têm um peito só... oh, Teseu, elas até viviam em terras por onde uns destes aí andam hoje em dia, não é mesmo? Estamos aqui para isso, vencer esta batalha, mesmo que seja à custa de nosso próprio Panteão.

— É, vocês falam muito complicado, cheios de efes e erres, com seus reis e rainhas. Eu quero saber é se conseguem fazer uma boa pajelança, se defender de uma mandinga, na umbanda, quimbanda, macumba, umbanda traçada. Eu mesmo sou o mensageiro de todas as forças das trevas e das profundas dos cemitérios, e faço qualquer sortilégio contra vocês e seu tal de xadrez — falou Exu.

— Olhe aí, Héracles, acho que temos de chamar Hermes. Esse aí se diz mensageiro. Hermes é que é o único mensageiro de todos os tempos; ele, sim, conduz as almas até o Hades, o reino dos mortos.

Hermes chegou célere, voando pela força de suas *talarias*, ou sandálias aladas, seu *petarius*, ou capacete de asas, e o caduceu, a vara mágica com serpentes entrelaçadas no cimo.

— Hermes — interpelou-o Zeus, dê uma lição de norma culta nessa gente dos terreiros.

— Minha função é mais de leva e traz, não é, camaradas? De qualquer maneira, preferia que me chamassem de Dr. Hermes.

— Mas você é doutor?

— Não sou, mas digo que sou. É tão incomum assim esse costume? Serve para impor respeito. Mas talvez pudéssemos chamar Prometeu, para dar uma mãozinha. Esse pessoal me parece meio sem cultura geral. Acho até que nunca ouviu falar em xadrez. Vocês não iam jogar uma partida fatal de xadrez?

— É o caso, mas temos problemas linguísticos e culturais de comunicação. Que venha Prometeu! — gritou Zeus, a plenos pulmões, muito irritado com tudo, e agora ainda mais por ter de pedir auxílio a seu antigo arqui-inimigo, o ladrão que roubou o fogo dos deuses para revelá-lo à humanidade. Na verdade, fora o próprio Prometeu que a criara do barro. Antes daquela facécia do fogo, ele já lhes ensinara também o uso das plantas medicinais, o cultivo da terra e a domesticação dos cavalos. Enfim, um deus que, embora tenha finalmente se juntado ao Olimpo, politicamente estava na oposição, defendendo os humanos. Era elogiado, em excelentes cores, por todos os poetas românticos: Shelley, Byron, Coleridge, Dante Gabriel Rossetti, Elizabeth Browning e até por um tal de Joaquim de Sousa Andrade, conhecido como Sousândrade, nascido no Maranhão.

— Xangô, você já leu um tal de Sousândrade? — perguntou Zeus, um tanto desatento.

— Nosso povo não é lá muito de leituras, alteza. Como já lhe disse e tresdisse, nossa atividade principal é mais ligada à terra, aos elementos da natureza, o vento, a chuva, o sol, a energia vital.

— Hum... economia de subsistência — ridicularizou Zeus.

— Chame Vossa Alteza do jeito que quiser. Mas foi assim que viemos da África e até hoje moramos no coração de africanos e brasileiros. E vocês, onde estão que não os vejo?

— Estamos nos livros escolares! — disse rápido Hefaísto, que surgira ligeiro como o fogo, apesar de manco. — Todos esses ornamentos que vocês ostentam aí na sua cintura foram feitos por mim, na minha oficina, que fica dentro de um vulcão, no coração do monte Etna. Vivo em aliança com os ciclopes, gigantes de um olho só. Apesar de esse meu grupo de amigos não ser considerado muito simpático pelos humanos, nossa fama atravessou o mar Mediterrâneo, chegou até a Sicília, Roma, toda a Itália, o norte da África, e hoje somos estudados por toda a civilização ocidental.

— Mas que sujeitinho mais pretensioso — intrometeu-se Exu. — Grandes coisas ir da Grécia para a Itália, é logo ali do lado, naquele marzinho de nada. Nós, sim, é que atravessamos o grande Oceano Atlântico, desde a África até o Brasil, o Caribe, a América do Norte, do Sul, chegando até o Pacífico (e em que condições!), e estamos vivos na fé das pessoas até hoje. Somos consultados, reverenciados, recebemos oferendas de todas as linhas e tipos de fé, e culto de todas as raças e classes sociais.

— É religião de gente pobre e subdesenvolvida.

— Isso é o que dizem os safados dos protestantes, que têm preconceito racial e querem acabar conosco — rebateu Exu.

E Oxalá interveio:

— Crime inafiançável no Brasil.

Zeus ficou nervoso. Nada o deixava mais nervoso que uma longa conversa mole e a incontinência sexual. Desenvolvia cacoetes. Fungava, coçava-se.

— Ora, não conhecemos nada de sua gente inculta e nem essas leis de países bárbaros. O que importa é: vocês vão ou não jogar xadrez comigo? Apolo ou Hélio já vai alto no seu carro alado que ilumina o céu. Ele não pode descer até aqui, pois está dirigindo sua carruagem de um lado para o outro do dia. Mas lá do alto acompanha nossa guerra.

Oxóssi não se conteve:

— Mas ora vejam que ignorância, eles que se dizem tão cultos e civilizados. Um carro com asas que traz a luz do dia! É muita falta de conhecimento científico.

— São imagens poéticas!

— E o que vocês fazem o dia todo, além de iluminar o dia e fazer poesia?

— Bem, nós, basicamente, amamos. Fazemos filhos híbridos e conquistamos sempre novos amores — falou com despeito Zeus, coçando o saco.

— Mas que civilização mais egoísta — retomou Oxóssi. — E não têm um pensamento para a humanidade?

— Oh, claro que sim... gente, ele não leu Homero, nem a *Ilíada*, nem a *Odisseia*, muito menos a *Eneida*, de Virgílio. É claro que nos grandes momentos épicos, nós intervimos. Mas na maior parte do tempo estamos muito ocupados; temos de comer nossos favos de mel, nossa ambrosia, nos deleitar com o vinho fresco do Olimpo... além de nos defender das acusações de adultério, ora essa. A própria Diana, que é a deusa da caça, passa o dia caçando bichos, pois não poderia se privar de um dos seus maiores prazeres, na sua longa vida.

— Mas isso é um escândalo! — interferiu Exu. — É por essas e outras que nasceu um Marx. A humanidade foi relegada ao último escalão social por essa religião elitista de vocês. Só dá vocês, vocês e vocês. E além do mais, são antiecológicos, caçando animais silvestres por puro prazer! Quanta inutilidade!

— Não vejo nada de errado nisso. É o que se chama de classicismo! A Idade de Ouro! — falou Zeus, zombeteiro.

— Classicismo? Isso é deísmo! É sociedade de classes, e até de castas! Vocês vivem numa sociedade fechada e corporativa. Não plantam, não protegem os animais, nem as pessoas, não leem a sorte delas, não as aconselham, não baixam em seus destinos, quando estão necessitadas... — falou Ossanha, pela primeira vez.

— Ora, para isso podem ir ao Oráculo de Delfos! É lá que ouvirão as previsões de que necessitam e em que acreditam tanto! — revidou Zeus, entre gargalhadas de *bon vivant*.

— Mas o senhor é um debochado, um desclassificado social! — exclamou Oxalá, com sua voz tonitruante de deus máximo. — Em que acredita, nesse seu classicismo?

— Eu acredito no prazer! Eu acredito na beleza, na estética, nas curvas perfeitas, na medida áurea, nos templos bem construídos, e em *mens sana in corpore sano*.

— Mas a humanidade não é sempre assim, perfeita! A maioria das pessoas nasce torta, por dentro e por fora, e precisa de uma reza forte por parte de todos os deuses e orixás. Vocês só tratam do lado de fora, da beleza exterior, e as almas que se danem...

— Ah! Essa coisa de alma e de transmigração da alma já é do departamento de filosofia. Quem se interessa por isso é Platão, que escreveu vários diálogos, aliás numa outra persona, sem assumir nada, colocando suas palavras delirantes na boca de Sócrates, que já tinha morrido e não podia se defender. — (E assumindo ares íntimos, abraçou o ombro de Xangô) — Olhe, amigo, posso chamá-lo de amigo, não é? Vou confessar-lhe uma coisa. Não acredito em nada dessas coisas de religião. Meu negócio é prazer, esbórnia, luxúria, mulheres bonitas, muita ambrosia, vinho, carneiro assado, cultos a Dionísio e suas procissões debochadas, que acho que vocês chamam de Carnaval. O que quero é escapar da perseguição de Hera, que vive com ciúmes doentios de mim. Enfim, viver, aproveitar tudo o que nos proporciona nossa existência privilegiada de deuses no Olimpo, o nosso céu.

— Xeque-mate! Você mesmo se condenou, irmãozinho. Não acredita na sua própria cultura! — gritou Xangô, com os olhos injetados de sangue.

— É no que dá a cultura desconstrucionista, que vocês mesmos lançaram, faz tanto tempo! — gritou Exu Rompe-Mato. — Vocês não podem acreditar nem em si mesmos, de tão intelectuais que são! Ainda bem que para vencer vocês, nesta demanda, pedi ajuda a meus irmãos Oxumaré, orixá do arco-íris, e Omolu ou Obaluaiê, cujo verdadeiro nome não posso pronunciar aqui, porque pode trazer a varíola e demais doenças, pois são da mesma linha. Se não venço, vou chamar Oni, a mãe terra! Mas vou invocar Xangô, deus do Raio e do Trovão, filho de Iemanjá e de

Oraniã, o rei Oio, nagô; Xangô Abomi, Xangô Afonjá, Xangô Agodô, Xangô Agogô, Xangô Airá, Xangô Alafim, Xangô Alufá, Xangô Kaô, Xangô Dadá, Xangô de Ouro. Kaô Kabecilê!

E, à medida que ia invocando os seus nomes, a força deles ia excomungando os deuses brancos, que recuavam, apavorados. E o tabuleiro de xadrez já estava todo pisoteado.

— Não precisamos de nenhum tabuleiro de xadrez para disputar nosso poder com vocês, porque temos nosso *opanifá* de adivinhação. E o babalaô do ifá nos contou como vocês vieram, saídos de seus livros de mitologia, para nos amedrontar. Mas nós não temos medo de zumbis brancos, com suas línguas mortas nos livros e museus da Europa. Sua religião morreu, é uma cultura que virou turismo, e nem falam mais a sua língua nem acreditam na sua cultura grega clássica. Mas nós continuamos aqui, vivos, na dança, no canto e no culto do povo.

— Kaô Kabecilê, eu te saúdo, Xangô, rei dos Raios e dos Trovões! — Zeus foi liderando a debandada, se curvando e saudando Xangô, cheio de vontade de salvar a própria pele.

E foi assim — contam os antigos — que terminou a Guerra dos Orixás. O babalaô do ifá relatou que, desde então, os meninos brasileiros não estudam mais mitologia grega. Preferem ver televisão o tempo todo. Mas no dia de Ano-Novo todos vão às praias acender suas velas para Oxumaré, o orixá de dois sexos que morde a própria cauda, símbolo do eterno, do arco-íris, a grande serpente das profundezas, que vem beber o céu. E tudo é divulgado nas telas de televisão para o mundo inteiro, entre fogos de artifício e shows de roqueiros para turistas. Jornalistas estrangeiros, que cercam os grupos de branco, explicam, em inglês, de modo simplificado, o sentido das velas, do charuto, da cachaça e dos pontos riscados nas areias de Copacabana.

GLOSSÁRIO

Axé: poder, energia ou força mágica do terreiro, representada pelo segredo composto de diversos objetos pertencentes às linhas e falanges.

Babalaô (iorubá): o pai do segredo, mestre do ifá, responsável pela transferência do axé na iniciação de novos babalaôs. Difere de babalorixá, babaloxá ou babá, chefe do terreiro.

Coisa feita: feitiço, despacho maléfico, trabalho feito para levar o mal a alguém.

Conquém: cão, na África.

Demanda: desentendimento, litígio, luta entre orixás, pessoas ou terreiros em que Ogum é chamado para proteger e resolver.

Ifá (iorubá): oráculo africano que dá nome à adivinhação, o jogo do ifá. Sistema divinatório originado na África ocidental, na Nigéria. Porta-voz de Orunmilá e outros orixás. Muitas vezes identificado como o orixá do destino.

Irê: ritual de iniciação.

Mandinga (quimbundo): feitiço, praga, encantamento.

Odu: cada jogada de búzios ou sementes no jogo do ifá no *opanifá*, o tabuleiro sagrado.

Ofá: símbolo, fetiche dos orixás, miniatura de arco e flecha, arma sagrada usada por Oxóssi.

Ojá: faixa ou cinto usado pelas entidades.

Opanifá: tabuleiro pequeno, de madeira, de formas variadas, circular, semicircular ou retangular, com borda chata e larga ligeiramente elevada, esculpida com figuras e sinais simbólicos. No jogo do ifá, o sacerdote, chefe do segredo ou adivinhação, ou babalaô, marca com o dedo, num pó especial, o *odu*, ou resultado de uma jogada da sorte ou destino.

Opelê ifá: conta que é utilizada para o jogo de adivinhação ifá.

Orixás (iorubá): ancestrais africanos que foram divinizados, pois durante sua vivência na Terra adquiriram controle sobre a natureza, como raios, chuvas, árvores, minérios e sobre ofícios humanos, tais como agricultura, pesca, metalurgia, guerra, maternidade e saúde.

Orunmilá: às vezes chamado de Ifá, divindade oracular detentora da sabedoria e conhecimento, de previsão do passado, presente e futuro. É o orixá ou deus que conduz o sacerdócio de Ifá.

Ossé: oferenda.

Otá: pedra-fetiche onde se assenta o axé de cada deus. Pedra de mato, pedra de santo ou pedra negra de cachoeira, onde se fixa, em ritual especial, a força mística do orixá, que constitui o "assentamento" principal do deus. Cada deus ou orixá tem seu otá próprio, ou pedra-fetiche: pedra de rio, de mar, da mata, de minério de ferro, de mármore, de meteorito etc. Pode ser clara ou escura, lisa ou áspera, conforme o caráter de cada um.

Pajelança: rituais indígenas originários da Amazônia e Piauí, que mesclam influências espíritas e católicas com africanas. Invocam-se os "encantados", espíritos da natureza que habitam os rios, fontes, matas, visando à cura mágica, com o uso do maracá (chocalho enfeitado de penas).

Pai de santo: chefe masculino do terreiro, babalorixá.

Peji: altar.

Traçado: culto do terreiro que usa mais de um tipo de ritual, em geral a umbanda, com rituais e indumentária de nagô e angola, entre outras.

Yorimá: Orixá primaz do elemental terra. Sua vibração é composta por diversas entidades que alcançaram a maturidade espiritual, tornando-se Senhores das Experiências, cuja função é orientar os filhos de fé nesse caminho e na evolução, por meio da humildade e da sabedoria.

UM AVIÃO CORTOU O FRIO CÉU AZUL DA EUROPA

Um menino de dedos verdes fosforescentes (de tinta) conversando com a mãe no cais de Meersburg:

"What are those?"
"Those are birds."
"What kind of birds?"
"They are seagulls."
"Why are they doing this noise?"
"They are talking to each other."
"Are they still talking to each other?"
"Yes, they are."
"Are they real birds?"

Como célere e ousada cotovia,
restrita em gaiola sombria
O ascendente espírito humano, em sua prisão de ossos, prisão indigna, habita —

JOHN MILTON, *PARAÍSO PERDIDO*.

Partes do cão

(Disección del perro)

Cabeça

Pelo

Coleira

Visão: branco, preto e cinza

Patas

Dentes

Orelhas

Língua

Ânus

Olfato

Sexo

Unhas

Cauda

Poste

Asas

Epílogo que silencio

1. Cabeça

Mexia o café com os olhos fixos no líquido. As árvores em frente eram uma pantomima de fantoches transparentes agitando folhas pálido-caídas, depenadas, aves céleres voando numa só direção: vento leste. Existir neste espaço exíguo de morte era olhar as horas marcadas no relógio dos galhos tênues, mostrador de sol esdrúxulo.

Entornou o líquido, ainda olhando dentro da xícara. Viver o passar do tempo era sobreviver à distância do gesto não gasto; agora a paz, falsa na superfície negra: ausência de espuma. E de repente uma onda se formando no líquido agitado da xícara, enquanto as árvores fantasmáticas, espásmicas, cinzas ao escurecer, se estratificavam: ora lobos, ora cordeiros, ora pinheiros, ora um bode conversando com um frade, ora um respeitável inglês de chapéu coco caminhando célere por Hyde Park: que discurso poderiam entretecer esses mudos seres parados, fixamente arraigados ao frio úmido do chão? Pousou a xícara.

O movimento ainda era uma saída, o ir e vir estreito do nada ao nada, enquanto as horas pingavam nos ponteiros, medindo o dia pequeno, mesquinho, entre conversinhas de esquina e a elevada insignificância da vida. Para onde, para quê?

Perguntar lhe parecia traição a algum sentimento maior que guardara como compromisso surdo com a morte — se houvesse momento de cumpri-lo. Mas talvez este não chegasse jamais, e a confortável separação entre a vida e a morte deixaria de existir, como a sombra das árvores se misturando à sombra do céu, criando assombrações de susto: um morto pendurado no armário; a galinha depenada esguichando sangue; o velho touro semicego olhando torpemente o garrote garbo a usurpar-lhe a cabeça; o sapo no lago a olhar a imagem do diabo de porcelana no muro do jardim.

O silêncio sucedeu-se ao bater da xícara no pires. Só uma lâmpada de mercúrio restava na artificial luz de lua. Gritos de vendedores ambulantes nas feiras livres do Rio, México, Túnis, Antilhas, no extinto Les Halles, em Calcutá ou Adis Abeba, ou no velho bairro turco de Constantinopla enchiam seus ouvidos de tampas de panela, o rastejar ligeiro de ratos, ou o adejar de asas de borboleta. Sim. Era uma borboleta, mágica e sóbria, o indonésio que tinham deparado na rua, quando de repente

um avião cortou o frio céu azul da Europa.

Ele queria saber as horas, e saltava de um para vários outros lados, sobre um, dois, três, quatro pares de cinco pés; na verdade, nem se alçara ainda ao *status* de borboleta e já lagarteava boquirrastreando pela calçada: falava, falava, como um velho contador de histórias de mercado hindu — a verdade é que andava lendo Lewis Carroll demais.

"Boas botas" — ele pensava, mas não ousava repetir o que já reafirmara casualmente, como para se certificar de que eram realmente boas. E botava as botas, abotoava-as, abarrotando-as de meias e mãos, e botava-se a botejar de um lado para outro no exíguo espaço-tempo que habitávamos, provavelmente pensando, mas envergonhado de repeti-lo outra vez: "Boas botas, meias botas, botas boas e boas meias".

Em algum momento já vivera aquilo tudo (gato de botas ou a lebre louca?) em algum cárcere imundo da Jamaica, ou numa sala de torturas do... pegava o papel carbono e revirava seu mistério nas mãos. O segredo da cópia é sujo, comparado com outros processos higiênicos e modernos, mas tem um quê de medieval, estático processo reproduzido artesanalmente com fina mão, confinadamente, em antigas celas de monges.

Os olhos refletidos no copo se multifacetavam em desenhos octogonais: gárgulas-abelhas, carbonos de outros cafés.

Na fina folha de papel eu desenhava uma forma complicada; envelhecida caravela hanseática com a proa voltada para o Norte e a popa dando adeus ao velho continente. Depois fui olhar a cópia do meu gesto, e havia uma outra caravela hanseática com a proa voltada para o Norte e a popa dando adeus ao velho continente. Mas onde eu escrevera "Mar do Norte", como a orientar os olhos alheios de navegantes perdidos no gelo, lia agora: etroN od raM". E, ao mesmo tempo em que me sentia traída pelo negro carbono transformado em brilhante espelho, percebia que nós todos, ele, eu, caravela, continente e mar, formávamos um conjunto nada inarmônico naquela moldura saída de uma porta aberta de armário (onde ele guardava, pensativo, as botas).

2. Pelo

— Você não pode querer isso para ela; afinal, tudo o que temos foi ela que nos deixou.

— Eu sei, querido, mas de qualquer forma ela não precisa mais.

— Isso não importa. Poderia ter determinado outra coisa antes.

— Mas não determinou.

— Mas não é esse o ponto!

— Que ponto?

— O meu ponto de vista.

— E qual é o seu ponto de vista?

— É que não convém. Não fica bem para nós uma apresentação dessas.

— Mas, meu bem, será um grupo íntimo, poucos virão, que diferença faz?

— Isso é o que você diz. Quando abrirmos os olhos, a casa estará cheia.

— Então por que não fazemos lá?...

— Lá?... Você está doida? Lá será mais pública a cerimônia do que em qualquer outro lugar! Será uma verdadeira festa popular! Até os transeuntes vão parar e dar uma olhadela.

— Bem, basta! Afinal, temos de resolver isto. E creio que cabe a mim a solução.

— Claro, ela é sua mãe, não minha. Não tinha a intenção de me intrometer na sua família.

— Já sei, já sei, lá vem você com as questões sobre independência feminina, autonomia da mulher, etc.

— Não é isso. Não podemos ficar aqui discutindo o preço indefinidamente, por motivos *óbvios!* Até por um problema de olfato, você entende? As pessoas já devem estar chegando, querendo saber a hora, o lugar, e a gente ainda não resolveu nem mesmo o tipo de caixão...

— Não seja grosseiro! Vamos parar com isso? Deus me perdoe!

— Ah! não a sabia cristã.

— Desculpe. Um *lapsus linguae.* Não sei nem mais o que digo. Você me torce o juízo. Vou acabar enlouquecendo. Uma coisa tão simples se transforma num cavalo de batalha. O importante é que se faça a coisa logo. O que você ia propor?

— Alguma loja simples e barata...

— Não! Simplicidade significa pobreza, mau gosto. Não!

— Então proponha você. Afinal, a mãe é sua.

— É o seguinte: eu vi no metrô um anúncio com preços muito módicos. O único problema...

— Diga.

— É que eles não têm telefone.

— Mas, e então? Você quer que a gente saia e deixe ela aqui sozinha?

— Isto não é problema... Saímos um minuto, bem, uma hora, deixamos um bilhetinho na porta — ou então deixamos a porta destrancada, e assim as visitas podem entrar!

— Mas é perigoso! Os móveis, as coisas aí na sala, as pratarias. Podem entrar desconhecidos, também, e quem fiscalizaria a casa? Você sabe, nas aglomerações... Assim, faríamos economia de um lado e perderíamos muito mais do outro. Eu...

— Deixamos um bilhetinho e pronto.

— Sim, e a qualidade, e a qualidade?

— A qualidade do quê, meu Deus?

— A qualidade do caixão. Onde é esta loja, onde Judas perdeu as botas?

— Será que vamos começar tudo de novo? Às vezes eu acho que você vive a vida a contrapelo! A contrapelo! Já disse que os preços são módicos; que deixaremos um bilhete; que mais você quer? É certo que não é muito perto, mas não vou chamar uma dessas firmas mais famosas e mais caras, caríssimas, de jeito nenhum. Está resolvido.

— Enfim, a mãe é sua... faça dela o que quiser. Resumindo, são sempre sete palmos abaixo da terra e um caixão de pinho.

— Não é nada disso, homem! É claro que terá boa madeira entalhada, alças de metal, aqueles badulaques todos! Só que você tem de entender um pouco mais da geografia da cidade! Como a loja fica um pouco afastada do centro e não tem telefone, os serviços ficam mais baratos, entendeu? Lei da oferta e da procura, meu caro!

— E onde é isso? No fim do mundo?

— No fim do mundo não iremos *nós*, he, he, he.

— Fazendo humor negro com sua própria *mãe*? Você está lúgubre hoje, hein? Pela alma de sua mãe, quanta blasfêmia!

— Oh, o santinho. De pau oco, claro.

— Vamos — quer que eu escreva o bilhete?

— Não, com a minha letra fica mais comovente:

"Partimos à busca
do que se faz necessário."

— Do que é essencial, talvez?

— Não, do que se faz necessário está bom!

"Partimos em busca
do que se faz necessário
aos últimos preparativos
para a sua partida,
mamãe."

— Ponho "de coração partido", mamãe?

— Não, é pleonasmo — ainda por cima já tem "Partimos", "partida"... fica redundante, chega!

— Bem, pelo menos vamos tomar um café. Nem almoçamos hoje.

— Não, não dá tempo. Tomaremos lá mesmo na funerária.

— Então vamos!

3. Coleira

Na estação vazia, um africano caminhou dois passos pelos trilhos compridos do metrô, buscando o sem fio da África brilhante, quando uma voz eletrônica começou a gritar em língua bárbara: "Ele está bêbado! Ei! O senhor! Não pode andar aí! O senhor suba, já, na plataforma!" — e a voz se perdia noutros murmúrios quase inaudíveis, repetindo-se noutros corredores do metrô, ecoando, como se ela também procurasse o caminho de casa.

O homem subiu na plataforma, finalmente obedecendo à voz, mesmo sem a entender. Há um ano aprendera a obedecer. Antes, era ele quem mandava. Agora, não lhe importava que não houvesse ninguém na estação; havia uma voz para obedecer, embora não encontrasse ninguém de carne e osso. Os sons lhe enchiam a cabeça de ecos que caíam como lágrimas e choravam como os saxofones de New Orleans, antes de ele matar aquele homem porco e sujo agarrado ao trompete debaixo das rodas do seu carro. Agora ele também era um homem porco e sujo quc vivia como um cágado carregando a casa ou seu passado na cabeça.

Ao mesmo tempo... Ora, afinal, por que subira à plataforma? Se pudesse desmanchar o gesto. Nem mesmo podia se vingar daquela voz que o obrigara a se humilhar, a obedecer e escapar da morte, como um covarde que era. Assassino, covarde e ladrão. Mas quem o acusava disso? O fantasma porco e sujo babando o trompete? — perguntou-se, parando em frente àquelas máquinas que soltam dropes, níqueis, garrafas, revistas, latas, jornais, jogos, anúncios, entradas, fichas, peso e altura, horóscopos, fotos, para ninguém. De quem ia se vingar, agora que o outro homem porco e sujo estava morto? E se andasse sobre os trilhos, desertos àquela hora, até a Rodésia ou o Congo Belga, como algum leão ou leopardo entediado na sua jaula que escapasse pela porta de grades esquecida aberta? E se andasse até o Norte, à Suécia, onde as louras são mais brancas e gostam dos homens mais retintos? Por que o preocupava tanto assim o branco?

Olhava cada vez mais perto o porto, perturbado com uma sensação incômoda de tamanduá preso em aquário. Já que não pôde tomar a via férrea, olhava para o anúncio onde aquela água tão plácida de rio lhe indicava por onde começaria a viagem, levando consigo uma dessas bonecas brancas de plástico que têm um buraco onde se coloca um níquel e elas começam a se mexer ritmadamente, ao som de um antigo jazz, da época em que era um homem de verdade; tocava com a mão no buraco no fundo da boneca, para lhe arrancar o níquel que ele queria de volta, enquanto ela se mexia indiferente, perfazendo o seu hábito na profissão de todo dia, e com a outra ele lhe apertava o pescoço, irritado, com risco de lhe romper o plástico macio. Sabia que não era justo gozar duas vezes com a mesma moeda, ele poderia até matá-la, a pobre boneca escalpelada pela sua mão que lhe arrancava os olhos, os cabelos, a vida. E quando a música chegava aos acordes finais, os mais agudos (como pudera algum dia compor aquilo?), de repente sentia que o momento mais difícil se aproximava, o fracasso — sim, ele o matara, e não fora por acidente ou distração — ele procurava seguir para o Norte, até que o frio e a neve branca o enregelassem e igualassem naquela posição incômoda em que se encontrava com aquela boneca branca porca — a onda de calor que trazia consigo o fracasso — jamais tocaria como ele, devia suportar as vaias e a vergonha de ter errado: "Você está bêbado", gritavam-lhe, e o sucesso do outro com as mulheres — e vomitava e cagava ao mesmo tempo, agarrado à escada da estação do metrô, sem conseguir, a roupa coberta de gosma e merda, um homem sem conseguir emprego, sem conseguir nada na Suécia; e nem sabia se a Suécia existia.

4. Visão: branco, preto e cinza

Este é um conto-paródia do livro *Amarelinha*. Amarelinha de caracol. Lewis-Caracol: um bicho sério, que carrega a casa às costas; é parte de um bordado de crochê; mecha de cabelos encaracolados ou pesadelo encalacrado. O maior mal do homem é não poder carregar sua casa às costas, simplificando o problema insolúvel da morte, razão pela qual leva infindáveis preocupações à cabeça.

E o enredo? Quem matou a mãe da personagem? Se você está pensando em história de detetive, trate de criar, na sua cabeça, um clima inglês.

5. Patas

Naquela manhã fria de domingo, fomos ao concerto encasacados, e atravessamos pacientemente, os três unidos, a interpretação de segunda mão da Sonata para clarinete e piano número 2, de Brahms, o instrumento de sopro a arquejar depredativamente a melodia. O pianista estava terrivelmente fora de tempo, pálido, triunfal, falho, e, depois de três tropeços, atirou-se arfante à linha de chegada do terceiro movimento, enquanto o clarinetista arrancava tons doloridos dos penalizados pulmões em um falso mi bemol, para, finalmente (graças a Deus!), atingir com um estrondo seco, junto com o sacolejão do piano e o som esganiçado do clarinete, meia oitava fora do tom, o último acorde. Após os complacentes aplausos, no segundo número percebemos, com dificuldade, que estaríamos ouvindo aquela velha atacando o *Pierrot Lunaire*, de Schönberg, em descompasso com a flauta. Em seguida, com o piano e cordas e sopros se alternando, se desacompanhando juntos, a música se tornou realmente descompassada, em uníssono, pela primeira vez solidarizadas, dessintonizando seus sons com o dela, e criando uma indizível sensação de galinheiro em manhã de sol. Aquela galinha velha e rouca estoicamente cacarejava, arrepiando a duras penas as garras para alcançar as notas sacrificadas de um louco pierrô perdido de seu autor; então, diante dos pulos e aplausos da plateia, basicamente composta de amigos dos artistas daquele concerto matinal e acompanhados de nossos próprios gritos e vaias, retornamos à realidade da sala de concertos encasacada, ouvindo um conjunto de segunda mão.

Depois fomos para um bar, com três garrafas de cerveja vazias à nossa frente, à saída daquele concerto estraçalhado por aquelas figuras históricas do Conservatório, ilustrativas de certo ar *belle époque* molhado a chá com torradas, que em nossas mentes de olhos cansados não passava do aborto de um grito partido das máquinas eletrônicas nas estações de metrô vazias.

6. Dentes

Foi uma noite buliçosa, que se estendeu muito além do horário do metrô. "Merda!", ele disse, levado pelo habitual mau humor — ao descobrir as horas tardias. Comodismo de quem gosta de ir para a cama cedo. Mas logo os comentários o erguiam à superfície, e ria, para de novo se afogar sob as gargalhadas dos outros dois. Depois imergia num novo escuro de ondas magnéticas. Aqueles dois, como riam, como irmãos! E ele, segurando-a pelo braço — e com a outra mão a barriga, para que não estourasse de rir — quase berrava:

— Você viu a entrada da condessa, a condessa caquética democratizada! Com o chapéu de tiras plásticas entornadas até a cintura, a última moda!

Por um momento ele visualizou uma eureca no espelho, uma vaga luz se acendeu sobre o passado. Se pudesse agarrar aquele instante, alcançar o primeiro fio da meada, sem mergulhar na merda, então talvez achasse o princípio, o meio e o fim da história da alucinação.

— Mas como ele está sério — os dois riam.

— Foi a conversa com o cônsul!

— Sim, um discurso muito sério, muito profundo. — Ele achou melhor erguer-se para poder representar o papel de cônsul. Abriu espaço entre as mesas vazias do bar, fingindo segurar uma taça de xerez, que rodava, inquieto, na mão, e, num esforçado arremedo de homossexual:

— Oh, a Alemanha! — Bem, basta dizer que é o país de Gutenberg. E de Goethe! Goethe! Sua poesia! Como é poética! Não me canso de repetir: são hipócritas, falsos, insensíveis, os alemães, mas têm espírito elevado, verdadeiro, eu diria mesmo espiritual! Lembremo-nos de sua história. Não tiveram a nossa sorte: um Dom João VI, que monarca! Um Dom Pedro I, que dizer? Um Dom Pedro II, perfeitos! Uma princesa Isabel: magnífica! Não tiveram uma marquesa de Santos — utilíssima! Não tiveram essa sorte. Mas... oh, que povo honesto! Senão vejamos, aqui não houve atos de pirataria, como na história de tantos outros países! Íntegros: assim eu classificaria os alemães. Embora deva dizer que estou sempre com os pequenos, hein? Os turcos, os portugueses — grandes povos! (Preguiçosos, analfabetos, mas gente de boa índole, muito boa gente). E os espanhóis! Imigrantes pobres, em geral. Se não, por que são sempre culpados por tudo? "Papagaio come milho, periquito leva a fama?" — com licença deste belo provérbio popular, mas a beleza da alma do povo se revela toda nessas poucas palavras, de uma profundeza que só a língua portuguesa permite. E essas palavras me vêm aos lábios a propósito. Pois em verdade, em verdade vos digo (pousou o copo, onde o líquido ficou marulhando), nunca fui roubado na vida como neste país. E de quem é historicamente a culpa? Dos turcos — pilhadores internacionais. Não, eu fico com os pequenos. São trabalhadores, honestos, me roubaram um terço de meus presentes de casamento, entraram pela janela de minha casa! E eu, que fiz? Culpei os alemães, cruéis, baixos, insensíveis. Uns desalmados!

O *cónsul general* silenciou por um momento, enquanto os dois desatavam a rir, até que um copo de Steinhäger se desequilibrou, espirrando líquidos excêntricos até espatifar-se no chão. Pediram mais dois.

Então, fechando o cenho com ar profundo, o dedo em riste e olhar professoral, declarou:

— Neste meu humilde ofício de cônsul geral da nossa nobre nação, tenho servido aos mais nobres ideais! No pequeno cômodo onde trabalho, iluminado pela parca luz hanseática que me ilumina a escrivaninha (suspiros), tenho atendido a uma infinidade de casais que vêm procurar-me no desespero da incompreensão, devido a uma vida de torturas passadas no estrangeiro. Todos chegam exatamente com as mesmas palavras: "A gente quer se separar". Não é curioso? Mas eu conclamo o espírito de Jacó, a alma de Moisés e, cá entre nós, uma força infalível, um compadre meu que é tiro e queda, o Jacó da Conceição, e em três minutos resolvo o problema do casal. Com seu unguento mágico, deixa o casal tinindo, curado! É isso que tenho feito no Chile, na África e na Eurásia! Unir esses pobres casais impenitentes que me vêm procurar com o desespero do pedido de socorro. Sou eu que os socorro, socorro, socorro!

— E a comida — interrompeu ela, pois a encenação cessara, devido à chegada de três garçons e um alarmado *maître*, com os gritos às três da manhã.

— Sim, o *buffet*! Com péssimos bofes!

— Que sensação de pós-guerra! Subdesenvolvimento e raquitismo surgidos no outro lado do Atlântico! Carne de cavalo cansado fatiado, arroz bispado e peixe congelado.

— E o cônsul do *seu* país, na obrigação de elogiar alguma coisa, segurava na mão um pedaço de salaminho e dizia: "Que excelente este toucinho de porco!"

— Uns carnívoros, verdadeiros canibais *après la lettre*. Eles chegaram tarde, já encontraram a carcaça da antropofagia.

— A dona da casa e a família já tinham jantado o melhorzinho antes.

— Lembra a história do cônsul que morreu na sarjeta do bairro de Sankt Pauli de tanto beber? Eram tantas as recepções a que era obrigado a ir e a dar e tão pouco o dinheiro, que só lhe restou um caminho: vergonha e bebedeira, até chegar à sarjeta... morrendo ali afogado, ha, ha, ha! A demissão forçada. A tanto levam a seriedade e a honestidade em matéria de comida.

— É que os primitivos teutões ainda não haviam inventado o truque tecnocrata das mordomias.

— “Oh, o meu nome, eu não vou jogar na lama, papagaio come milho, periquito leva a fama.” O cônsul do *seu* país — ela continuou — não cansava de puxar o seu saco. Ele se virava para você cheio de dengues, pousava a mão no seu ombro com um anel de advogado no dedinho mindinho levantado e dizia: “Não, o que eu preciso é de ‘informações’, de preferência de um intelectual, um professor, talvez”.

— É, a pobre condessa decaída em bibliotecária da universidade, que vivia lhe oferecendo livros, até murchou. Desprezada.

— E para culminar a noite, o cônsul do *seu* país se saiu com aquela gafe sobre as cadeiras douradas horrendas, que estavam quebradas num canto da sala de espera, perto da saída. Foi o fecho de ouro. “Pois é, isso acontece nas melhores famílias”, disse, olhando-as.

— E o dono da casa, o cônsul da Espanha, engrossou: “Sim, pode ser até o símbolo da queda da Casa Real da Espanha — e de outras quedas mais”.

— E o cônsul, coitado, ainda respondeu: “Sim, de Luís XV, ou de qualquer rei desses, oh, oh, oh!”

— Coitadinho, e no dia seguinte ia ficar ainda mais atarefadinho no seu consultório sentimental de abortos, divórcios e outros crimes espirituais contra a nação!

— É mesmo um fato: quando você tem um objeto muito perto do nariz, em primeiro plano — como um cônsul, um presidente, um gato, um galho de árvore, por exemplo —, na sua fotografia, ele fica transparente.

— Poderia ser mesmo a base da teoria da abstração ou da dissolução quântica das pessoas — ela prosseguiu.

Caiu uma pesada seriedade no grupo.

Mas, afinal, de que estavam rindo? Já eram horas. Galos não cantavam nos terreiros vizinhos. Não passavam garrafeiros pelos viadutos. Os grilos não chiavam nos jardins elevados, mas talvez nas suas cabeças. Eram horas. Eles, na cidade vazia, sem metrô, os sinais piscando para a noite de bêbados. Havia silêncio no asfalto e um ruído eletrônico de tique-taque das desoras no ar. Quem sabe do suicídio a três, do amor a três, ou das três badaladas das três?

7. Orelhas

— O pior é que não passa ninguém.

— Você acha que haverá tempo até as seis?

— Não é possível que não deixem alguém de plantão lá! Ai! meus pés estão inchados de tanto andar.

— Eu não aguento mais. Atravessamos toda a cidade a pé.

— Mas a rua é esta. Ao menos já é alguma coisa.

— O problema é que não chegamos ao número nunca. Haverá de ser uma daquelas ruas antigas, sem ordem na numeração. O pior é que já estará fechada, a loja!

— Nada disso. O anúncio do metrô...

— Você e seu anúncio do metrô, à merda com ele!

— Posso falar? O anúncio no metrô dizia que a funerária ficava aberta 24 horas por dia.

— Mas aqui não há nada. É como um grande terreno baldio. Andar tanto e dar num terreno baldio!

— Olhe! Lá vem um homem de bicicleta. Ei! por favor! O senhor conhece a funerária Krypton? Devia ser aqui o número, nesta rua, mas não há nada, o senhor sabe, eles não têm telefone, e minha mãe...

O marido acotovelou-a, para cortar o rio de informações que ninguém pedira.

Um silêncio respeitoso por parte do velho. E com um olhar vazio, perguntou:

— Qual o número que procuram?

— O 213... Devia ser exatamente aqui.

O outro olhou o terreno sem entender, e respondeu frio, comercial, sem fitá-los:

— Mas esta loja foi destruída durante a guerra! Aliás, o bairro todo. Não sobrou nada, nada, nada!

— Eu não falei que era estúpida essa sua mania de economizar?

A mulher não entendia mais nada. Uma névoa de cansaço se misturava ao fio da decepção, buscando há horas um objetivo que se perdera anos atrás. Como era possível isso?

— Mas o metrô...

— O metrô de novo?

A raiva do marido a fazia perder o fio do pensamento, buscando entender o incompreensível, montando as peças do jogo sem encaixe. Era para tomar uma atitude qualquer, mas não sabia qual. Já perdia a vontade de levar avante o objetivo por que viera. Já não se lembrava qual era o objetivo. A própria casa, os bens herdados, diluíam-se no medo de tocar nos objetos que possuíra por tantos anos, demasiados anos? Era preciso tomar uma atitude!

Ela não conseguia compreender. Vira o anúncio no metrô.

— Você tem certeza que viu esse anúncio mesmo? Será que não sonhou com ele?

— Não seja bobo!

Era ela quem sempre chamava o marido à realidade. Não compreendia os meandros que o levavam a se isolar em um mundo de pensamentos incompreensíveis. Toda sua força vital a levava a lançar-se à ação, a agir, nem que fosse pela pura trama dinâmica de um passear pelo nada em busca de um caixão para o nada. A beleza simbólica de encontrar por fim aqueles liames entrelaçados num portão de ferro antigo, meio quebrado, dando para um terreno devorado pelo mato, coberto de escombros de guerra, num bairro que nem conheciam, tudo isso só se obtinha pelo movimento, pela saída da inércia.

— Olhe! A senhora não deve ficar assim transtornada! O que procuram? Em que posso ajudá-los?

— É a mãe dela, coitada, que morreu. Vínhamos em busca desta firma Krypton, por causa do funeral, esses problemas.

— Sim, compreendo, compreendo. Se me derem a honra de entrarem em minha humilde casa, talvez possa ajudá-los, ajudá-los. Vivo aqui há 50 anos, com minha senhora, e conheço bem o bairro.

— Então o senhor conhece esta firma Krypton?

— Bem, não sei, talvez seja algo recente. Mas, com o telefone, poderemos ajudá-los a encontrar outra firma da mesma natureza. Talvez não exatamente neste bairro, que foi todo destruído pela guerra, mas não tão longe que eu não possa ir com a minha bicicleta, minha bicicleta.

Parecia a ele que até as ervas que cresciam no terreno exalavam um odor de morte. Ele se sentira compelido a acatar a teimosia da mulher, a necessidade dela de impor sua vontade como criança mimada, às raias do absurdo, até criar situações embaraçosas. Como deixar a mãe dela morta em casa, sem os mínimos cuidados necessários, sem esperar pela chegada dos amigos — pois ali não tinham parentes — horas e horas! Agora, num lugar totalmente desconhecido e aparentemente desabitado, vinham incomodar um velho que voltava para casa já cansado, àquela hora da tarde, quase de noite! Que loja encontrariam aberta, a quem recorrer? Como explicar aos que telefonassem seu duplo desaparecimento? Com certeza iam avisar a polícia! Podia até dar cadeia, naquele país em que tudo dava cadeia ou chefatura de polícia. Tudo por causa da vontade cega da mulher de economizar uma pequena, desprezível parte da herança! Era de enlouquecer.

De enlouquecer as corujas piando sobre a porta, as gralhas se afastando rumo aos ninhos, naquela casa desolada em que chegaram, em meio a um silêncio ensurdecedor.

8. Língua

E por tanto sustentar a mira naquele galho de árvore — a bandeira branca ligeiramente manchada por alguém que já se servira dela num momento de necessidade —, perdia quase o movimento das águas do rio, as pedras lisas ao fundo, sem peixes, sem gaivotas, sem mergulhões ligeiros: céleres águas desfocadas, diluindo-se até molharem-no todo por dentro.

Marulhava, marulhava, marejado de lágrimas e quase arrependido por já não ousar: o frio, o medo, a noite, quem sabe a neve, ossos duros de roer. E nem sequer tinha meias, há um ano não trabalhava, pois não encontrava (não queria?) trabalho, e seu boné tinha um quê de safado, não era mais um homem.

Em criança brincava de esconde-esconde e de pegar na linha do trem de ferro. Até aí nada o distinguia das crianças que se escondiam dos pais atrás das árvores e dos montes de cupins, à hora do banho, ou sem motivo algum, pelo simples prazer de ter medo. Como era bom esconder-se atrás do pé de jacarandá, e, sem olhar, adivinhar a sombra agigantada do irmão adiantando-se, aproximando-se, não propriamente o seu corpo, ou a sua sombra contra o sol, mas a projeção da sua sombra, as mãos transformadas em garras, e a cabeça microcéfala aumentada em cabeça de dragão enraivecido. E temia, temia, e quase sempre sentia uma sensação gostosa, indescritível coisa que não entendia definitivamente, e sufocando, temendo o medo e sentindo molhar-se, ao mesmo tempo em que o irmão o descobria e de olhos fechados o apalpava para ver se ele era realmente ele, o seu irmão, enquanto ele, sabendo que só havia os dois na casa, sentia medo, de novo pensando que talvez não fosse o irmão, mas um monstro marinho.

E de repente o irmão era mesmo um monstro marinho que ia puni-lo em lugar da mãe. E tirando o cinto e tirando-lhe a calça, batia-lhe com a fivela do cinto. Mas o que doía não era a dor do sangue pisado, mas o temor do que o irmão lhe dizia: da próxima vez ia cortar a pica dele e ele ia virar menina. Um dia ele ia ver, talvez fosse naquele dia mesmo. Seu porcalhão! Só assim você vai aprender a brincar direito. Eu já lhe ensinei que quando eu me aproximo, você tem que sair correndo e ir deitar no trilho da estrada de ferro, fingindo de morto. Mas quando eu lhe arrancar os colhões, você vai largar dessas covardias e aprender a brincar direito.

Do fundo do seu temor, sentia então um prazer enorme, acompanhado de um outro temor, bem maior, de que a mãe descobrisse e terminasse com a brincadeira. Como no dia em que o irmão lhe contara que brincavam de se pintar de mulher no barracão do quintal.

Tudo isso pensava enquanto tentava sustentar a mira naquele pedaço de bandeira — papel higiênico branco — pendurado no galho sobre o rio.

9. Ânus

Como podiam estar sentados à volta de uma mesa redonda, forrada de toalhinha de renda bordada, numa sala decorada ingenuamente, como nas casas do interior, enquanto sua mãe ficara deitada no sofá da sala, nem lavada nem vestida para a cerimônia, apenas com o queixo amarrado com um lenço e as mãos com uma corda do varal (a mania de nunca comprar lenços, e, quando finalmente ela saía para comprar alguns, usava-os durante anos, imundos, rasgados, visguentos).

— Aceitam um vinho? Tenho um ótimo, da baixa Baviera, guardado há anos, muitos anos. Na situação de vocês, eu deveria oferecer-lhes só um chá, um chá. Mas creio que um vinhozinho poderá reanimá-los. Vai deixá-los melhor, muito melhor.

— Oh, não! O vinho é melhor! Quer dizer, estou muito triste (o olhar dela cruzou com o do marido, que a olhava fixamente, mas sem expressar qualquer crítica visível, apenas sono, nos olhos injetados), mas acho o vinho mais interessante, porque é reanimador.

O velhinho derramou o vinho com seu rosto sempre igual, inexpressivo, como se havia anos repetisse metodicamente o ato. Uma barbicha cuidada corria-lhe de orelha a orelha, unindo-se com o bigode, e deixando um ó na boca, como uma gruta. Piscava lento, tinha gestos medidos, pausava a todo instante, como se não quisesse se fatigar. De vez em quando olhava para a porta, intrigado, um tanto inquieto, como se alguém fosse aparecer ali a qualquer instante.

— O senhor também aceita, aceita? — repetiu o velho, com seu vício de ecoar sempre suas últimas palavras.

— Sim, obrigado.

Havia um quarto copo vazio sobre a mesa.

— Hoje já não se fazem vinhos como este! Colheita de 1939. Safra rara, raríssima.

— Acho que nunca bebi um vinho destes na minha vida — disse a mulher.

— O quê? — perguntou o velhinho, olhando-a com um dos olhos, o outro meio fechado, como um rato espionando pelo buraco da parede. — Temos a adega cheia deles! Muitos, muitos. Temos outros ainda mais antigos, mais antigos. Nenhum mais moderno.

Aquele cacoete do velho de repetir as últimas palavras começava a irritá-lo. Resolveu mudar de assunto.

— A sua senhora não vem? — perguntou, apontando para a taça vazia.

— Ela nunca bebe vinho. Sim, vem, vem, vem logo. Já deve estar vindo. — E lançou um olhar inquieto na direção da cozinha.

Havia um silêncio pesado, interrompido por alguns goles barulhentos, mal reprimidos. Mas um relógio pôs-se a bater as horas. O velho olhava o interior do copo, sem mover os olhos dali.

— Estranho! Dez horas outra vez! Eu me lembro de já ter ouvido bater as dez horas!

— Ah, sim, este relógio tem um defeito, um defeito, ainda não pude consertá-lo.

Os olhares convergiram para o relógio de pulso do velhinho, que marcava seis e meia.

— Mas já passam das seis! O senhor não falou de um telefone?

— Sim, claro, mas olhem, este relógio também não funciona, está quebrado há anos, não sei por que o uso, o uso. O hábito, não? O hábito. São muito mais do que seis. Está tudo fechado a esta hora. Não adianta telefonar. Esperemos minha mulher chegar, não?

— É bom que venha logo.

— Sim, sim. — O velho voltou a olhar o copo, desta vez sisudo.

— O senhor sabe exatamente que horas são?

— Não, infelizmente, não. Infelizmente, não. Só temos esses relógios, sempre marcando as horas erradas. Vida de velhos, não é? Vida de velhos.

Outro longo silêncio. O relógio tornou a bater, agora com um novo sentido inútil. Por que lhe davam corda? Era imbecil. O velho parecia um antigo maquinista de trem, uniformizado e de quepe, diante de uma imensa estrada de rodagem fechada ao trânsito. E a tal velha demorava. O velho tornou a encher os três copos, sem pressa, exatamente até o mesmo nível. O tempo continuava a passar, mas o relógio ainda marcava dez horas.

— E o senhor, trabalha em quê? — perguntou ao velho, para encher o tempo, matar tempo ou ganhar tempo.

— Sou relojoeiro — sorriu — relojoeiro — repetiu.

10. Olfato

Seus devaneios pareciam levá-la a um núcleo comum, que era um tique-taque sempre idêntico e uma respiração enorme, como a de um tigre adormecido próximo do acordar. Teve medo e acordou. Estava na sala antiga, decorada com cortininhas de filó branco bordado nas janelas; à sua frente havia uma cadeira vazia, e noutra, ao lado, dormia seu marido, um tanto despreocupadamente para a situação. Ouviu passos.

— Embora não pareça, é tarde. É tarde. Desculpe, assustei-a? Tomei a liberdade de preparar duas camas no meu quarto de hóspedes, lá em cima. Já liguei o aquecimento. Minha mulher pede desculpas, está muito cansada a esta hora, muito cansada.

— Mas não! (O "não" foi tão veemente que acordou o marido). Não! Temos de voltar correndo. Minha mãe, quer dizer, os preparativos para minha mãe. É preciso voltar imediatamente.

O velhinho sorriu bondoso, piscando com grande habilidade, como quem usa de sabedoria para falar a crianças — e agora voltava a mirá-la com um olho só.

— Parece-me correta a sua preocupação, mas veja bem. A esta hora (é tarde, embora não pareça) não há mais "daquele tipo de casas" abertas para que possamos chamar uma, não?

— Sim, mas a nossa presença lá! — Ela se sentia talvez mais desesperada do que supunha necessário, mas a opinião dos vizinhos, os mexericos...

O velho sorriu bonachão, como de uma tolice infantil, mas mostrando uma insistência inquietante.

— Sim, a senhora está certa, minha filha. Mas a esta hora, como voltar? Como voltar? Não há mais nenhum tipo de transporte. Como voltar? Não podem. Estão cansados, exaustos, cansados, descansem um pouco e de manhã resolverão tudo com outra disposição e coragem, com coragem.

Ela encarou o marido, como pedindo socorro. Tonto de sono, ele parecia já ter se adaptado ao formato da cadeira. O velho adiantou-se:

— O senhor não acha que estou com a razão? Com a razão?

— Ele tem razão, sim! Como é que a gente vai sair andando por aí ao léu novamente? Estou cansado! Trabalhei o dia todo, depois você inventou essa caminhada de horas...

— Eu inventei, não. Nós nos perdemos.

— Eu não me perdi. Isso é o resultado de sua fantasia de ver anúncio que não existe em metrô; nem presta atenção ao que lê.

— Não vamos recomeçar, não é? Por que não chamamos um táxi?

— Você agora com esta insistência! Não ouviu o senhor dizer que é difícil achar qualquer transporte a esta hora?

— Ele não falou especificamente em táxi.

— Dá no mesmo, dá no mesmo — falou o velho, apaziguando os ânimos. — Infelizmente o telefone está quebrado. Venham, estão cansados, estão cansados. Vou mostrar-lhes o quarto, é confortável. Muito confortável. Não foi usado desde o tempo da guerra, mas minha esposa o limpa regularmente. Regularmente. É confortável. Quartos como este não existem mais. Não existem mais.

Enquanto subiam, os degraus rangiam três a três, ora no mesmo ritmo, ora descompassadamente, criando outra harmonia, além das batidas de um relógio (ruído enervante para ela). Quase preferia o silêncio de antes.

Era um quarto sem luxo, mas confortável. Nas janelas, as mesmas cortinas de filó de babados que na sala. Um armário, uma cama ampla, de fim de século — coisa de não entrar em apartamento. Sobre um móvel baixo, a um canto, duas dúzias de relógios de todos os tipos e tamanhos, marchetados a ouro, bronze e cobre, ferro, ou feitos de *biscuit*. Alguns apresentavam as imagens de figurinhas medievais, tais como lavradores, padeiros, campesinos. Na parede, dezenas de cucos, com os bicos e as patas para fora das portinholas de madeira, sempre estáticas, numa posição rígida no tempo.

Os três se aproximaram de uma obra-prima de *biscuit*. Era composta de figuras delicadas, em louça colorida. Cada figura representava uma das atividades do burgo. Naquele momento, um relógio bateu as doze horas e surgiram, a cada batida, a lavadeira de touca branca, o padeiro fazendo pão, o lenhador cortando lenha, o jantar à luz de velas — cada figura representando uma hora da noite.

— Que maravilha! Que trabalho delicado! Deve ser antiquíssimo — disse ela.

— Ah, sim! Trabalho delicado, multo delicado. Peças insubstituíveis, insubstituíveis. Seria necessário fabricar outras especialmente, especialmente, para substituí-las.

Seria bom que aquele velho do diabo se fosse com as suas repetições de merda — ele pensou.

— Bem, vou deixá-los, deixá-los. Boa noite. O banheiro é ligado ao quarto por aquela porta. Tudo limpo. Tudo limpo.

Quando a porta se fechou, ela se aproximou da cômoda.

— Veja este, que lindo!

Era um relógio feito de biscuit delicadíssimo, peça de colecionador: uma casa de teto pontudo, de três andares. Pela janela do primeiro andar, via-se a sala de visitas, com sua decoração Belle Époque. Pela do segundo, via-se a empregada arrumando e passando roupa. Pela do terceiro, via-se um diabo a dar palmadas numa menina com a saia enrolada nas costas e que, surpreendentemente, parecia sentir enorme prazer com o que estava acontecendo! Ele tomou-lhe o relógio das mãos, para ver melhor aquela obra de fantasia grotesca...

— Não! Fui eu que vi primeiro! — ela gritou, tentando guardar a peça nas mãos. O gesto brusco destruiu o minuto. O relógio espatifou-se no chão, mas sem fazer o menor ruído.

— Você está vendo o que fez?

11. Sexo

E mergulhando os pés nas botas, como em tranquilo mar, e afundando nas águas do lago, como silencioso mergulhão, passávamos a compor uma outra natureza no outro lado do espelho. Líquidos, sonoros, mas de um som abafado, desligando-nos lentamente do peso natural — e, quando escutávamos música ou gritos do mundo exterior, nossas formas se desmanchavam do humano e nos recompúnhamos em peixes, e eu passava a viver de dentro do corpo do ser marinho para fora, até os corpos celestes mais altos, enquanto pensava:

Atravessando o gramado e cortando pelo meio os corpos das gaivotas que duas asas dividiam — enquanto algumas caminhavam familiares para as águas e partiam a nado, animadinhas — eu pensava: por que não, agora, como antes, morrer? Um câncer; em que difere da morte em que não se pensa — a violenta — ou da que se pressente, a desastrosa? Como o voo das gaivotas, que também morrem, a seu modo; quando é chegado o momento ou não, que diferença há entre um tiro na gaivota em pleno voo, um encontro com o gavião maldoso, ou simplesmente o deixar-se boiar sobre as águas até que estas lhe cubram a cabeça? Não é tudo o mesmo imergir? Para nós é o mesmo, a morte. Enquanto os meninos na baía de Meersburg caçavam gaivotas com arco e flecha, e os outros lançavam pedras na água para avisá-las, aquela, ridiculinha, afundava a cabeça na água, deixando a cauda e as patinhas expostas, num desequilíbrio certeiro e um balanço duvidoso.

O momento em que ele buscava acertar o pedaço de papel higiênico na árvore com um tiro foi talvez aquele em que mais se aproximara do ridículo da morte. A felicidade dos pássaros quando voam mais longe, mais alto, afasta-os da morte, mesmo que provisoriamente; e isto lhes é perigosamente feliz, felizmente perigoso!

12. Unhas

— Mas você está gritando! Pare de gritar!

— Eu só estou te chamando! Os pássaros, os pássaros!

Nas janelas eles bicavam, batendo nos vidros com os bicos e rindo de ódio com as suas bocas sem dentes. Eram muitos e, como todos os pássaros, tinham olhos zangados. Viravam as cabeças não com suaves gestos humanos, mas abruptamente, como só cabe a pássaros: o olhar dominador, fixo. Defensores do império prometeico de abutres, buscando roer o que restava nos homens: um fígado excessivamente inchado de exacerbado prazer; as veias entupidas pela gordura; o delírio da bebida em excesso criando uma inebriante sensação de riqueza flácida e destrutiva, doida impressão de banhas crescentes, a comida que sai pelos ouvidos, da qual o fígado não é mais que o símbolo concentrado e verde.

— Eles vão quebrar o vidro! Estou com medo!

— Calma, calma, cale a boca, senão você os assusta.

— Não será melhor chamar o velho, lá embaixo?

— Ora, não seja boba. O que um velho pode fazer que nós não podemos?

— Uma arma! Talvez ele tenha uma arma!

Um tiro perfurando um daqueles olhos atentos lhe trouxe um arrepio de velhas lembranças: os patos plácidos, gralhas negras e mergulhões brancos voando à volta d'água, quando o barquinho se aproximou com dois meninos remando e um terceiro com o arco teso, a seta em riste, num silêncio de remos sabidos, que cortam água sem deixar rastro.

Ele teve medo — voltaria sua antiga covardia? Não seria como atirar naquele bambo pedaço de papel, e, lá no fundo, pensava: de nada adiantaria sua fuga pelos oceanos e continentes que buscava, pois permanecia o germe da sua antiga, sufocada, paralisia de medo — ele achava que ia gritar. Mas foi ela que gritou:

— Olhe! Eles vão quebrar o vidro!

— Não fique histérica! Não está vendo que não podem! Você até parece epilética!

A mulher agora se lançava aos gritos, em lágrimas, sobre a cama. Mas ele não sentia mais nada, senão que estava controlado e forte e que era um homem. Com sua arma de fogo, dominaria, totalmente, a situação: uns pássaros estúpidos, de bicos finos, batendo desagradavelmente na vidraça: esta aguentaria? Coisas estranhas aconteciam, temia olhar às suas costas e ver um espírito ou um espelho. Oh! Deus, até quando duraria a alucinação?

13. Cauda

Os ladrões, piratas do mar; as ostras, tímidas da concha; os alemães, mar calmo com pequenas vagas: personagens de um drama de pós-guerra.

As vidraças se quebraram, mas sem ruído algum. Os dois se precipitaram pela escada, gritando, após bater a porta do quarto, mas o velho não apareceu.

Saíram à rua, mas não conseguiram entender. Não viram mais nada, nem casa, nem rua, só ruínas, aqui e ali um monte de pedras empilhadas contra algum muro antigo, tudo imerso no mais completo silêncio.

E o enredo? Quem matou a mãe da personagem?

14. Poste

Vozerio concentrado em quatro paredes fechadas; espocar de champanhas, vinhos; falatório animado; gargalhadas cristalinas; luzes de grande festa.

— Tão grande é a vaidade humana para acabar nisso — aponta com um beiço para o caixão a senhora Wöllflin. Um jato de luz, vindo diretamente da moderna iluminação da rua, atravessou a delicada vidraça da janela da esquerda para tornar visível, na discreta penumbra do canto da sala, no agitado ambiente, o local onde, praticamente esquecida, descansa a mãe das personagens ou o cadáver em questão. O jato de luz chega, filtrado, a incidir nas sobrancelhas com uma infeliz sombra de cima para baixo, o que lhe dá um ar de espantalho, enquanto o nariz, alongado até quase a altura do queixo, na sua descomunal sombra, faria rir antes que chorar a alguém que parasse ali, naquele ângulo, para uma detida observação.

Mas, longe desse pensamento, estavam os mais distintos e díspares comensais, que já se davam por satisfeitos só em saber que o facho de luz estava parado ali, iluminando esteticamente alguma coisa que era o motivo daquilo tudo, e que, enquanto ele estivesse agradavelmente parado ali, sobre o cadáver, não cessaria o motivo de tão animada festa.

— Poderia me passar o Steinhäger, já que você está tão perto da cômoda?

— Cômoda, que cômoda?

— Viu? Estava tão perto que você esbarrou no copo. Agora ele se espatifou no chão. Sirva-me outro, por favor, ali atrás.

— Lembra o cônsul que morreu em Sankt Pauli, que Deus o tenha? — perguntou um cavalheiro, desenhando uma ampla cruz com as mãos, que englobava num só gesto também a morta mais adiante, para os lados da cozinha. — Aquele exótico, que dilapidou todo o capital e, envergonhado com as dívidas, acabou morrendo na lama da sarjeta, de tanta bebedeira, naquele bairro da prostituição?

— Aquele que andava todo empertigadinho, com umas pernas de varapau, um ar de contradança; será que ele queria era dar a bunda?

— Isso mesmo. Ele tinha um cachorro treinado, não era cachorro de madame, não, um tremendo cão de fila. Nunca lhe aconteceu de passar a noite com o cônsul, em Hamburgo? Então você nunca viveu bem uma noite de farra. Homem! Em tudo quanto era bar as fêmeas se taravam pelo tal cão. Era uma chusma de mulheres que corriam para cima dele e acabavam ficando para um drinque com o dono (por isso, provavelmente, o cônsul foi à bancarrota, coitado). E na rua, o cão tossia, o cão cantava, o cão rolava, o cão saltava círculos de metal e fogo, o cão fumava, o cão até latia. Era um desespero de fama.

— Não sabia dessas proezas do senhor cônsul, que Deus o tenha e ao seu cão.

— Então você nunca apreciou uma noite hamburguesa. Ah, quando homem e cão, sentados lado a lado num decadente bar de marinheiros, ao som de um jazz na madrugada, choravam juntos, o cônsul por suas amadas, suas dívidas, ou ambas, e o cão sei lá por quê, por solidariedade ou por ser amestrado, ou porque tinha bom ouvido para a música... Lá vinha o dono do bar e lhes servia quibes, e cão e dono comiam quibes sentados nos banquinhos altos de beber coquetel, o cão com a patinha esquerda pousada no balcão. Era de morrer de rir! Os marinheiros se esbordelavam de tanto rir com aquilo! É pena que o cônsul nunca teve o verdadeiro dom da alacridade latina. Ficava sério o tempo todo.

— Sim, sim, excessivamente teutão, excessivamente. Por isso morreu. Um latino teria simplesmente rido na cara do mundo, em vez de morrer de vergonha.

— Que boa festinha! A quem devemos a honra... — irrompeu uma espanhola, interrompida por sussurros e psius. Ai! De novo indiscreta, que gafe fora aquela, desta vez? Todos apontavam com gestos discretos para a morta, iluminada pelo jato de luz que cerrava a existência daquela que gratuitamente lhes abria as portas da casa.

— Ai, que boquirrota que sou! E não há mais ninguém da família aqui fora ela, claro? Ah, não? Ai, que sorte! Ainda bem. Mas quanta delicadeza darem uma festa... uma solenidade assim, sem se preocuparem com gastos, algum roubo...

— Tremenda mordomia... benza Deus.

— Mas aquilo do teu consulzinho teutão me lembra o outrozinho, o cônsul geral casamenteiro, com cartãozinho gravado em inglês — ironizou um cavalheiro.

— Quer me passar o abridor, este de lata não, o de vinho, por favor. Grato, senhorita, senhora? Ah! Encantado. Mas, o teu cônsul de Sankt Pauli, veja bem, nunca comparem aquela lama putrefata da sarjeta de Sankt Pauli com a santa lama de Montmartre, palmeada por Edith Piaff.

— Ah! Lamas como aquelas não existem mais — interveio uma gorda cantora — nem no Lamas do Catete — *Ah! Mon coeur partout balance! Mon coeur est plein d'amour*! — cantarolou.

Um pssst generalizado lhe gelou o acorde sufocado na garganta.

— Ai, indiscreta que sou, já ia me esquecendo do lugar onde estava!

— Você não tem jeito mesmo, vou te levar de volta para Guarapari e te enfiar a cara na lama monazítica da praia, meu *cochonzinho, mon petit coco*! — seu *chevalier servant* agarra a senhora banhuda pela gola, fingindo enfiar-lhe os dentes no pescoço; um guincho e um esgar atraem um novo pssst de reprovação por parte do contingente teutão da "festa".

Por azar, como a completar as inúmeras gafes alienígenas da noite, Doña Margarita, ainda sonhando com suas antigas comendas recebidas e provavelmente ainda inspirada por aquele *Pierrot Lunaire* recém-interpretado em furibundo meio-dia outonal, aproxima-se do malfadado jato de luz para lançar à bem-dormida senhora um arroto triunfal. Seguiu-se um pequeno discurso, em forma de epitáfio:

— Amiga, vai tu, oh, inspirada efígie do respeito e do amor materno, embora abandonada agora de teu mais ditoso genro e da tua mais ditosa filha — acho que não tens outros, não faz mal. Parte agora rumo à sombra mais profunda do outro mundo, onde te esperam sossego e consolação, a paz que porventura não encontraste aqui entre nós.

— Também, com este esporro...

— Pssst...

— Parte agora, vai, vai, levanta-te, alça teu peso de andorinha afoita por este espaço afora! (Alguém se lembrou de acender uma vela num castiçal que havia na sala). Vai, amiga, explora os ares, sai voando agora para longe de nós... — e a dama sacudia os braços para o alto, em profuso sacolejo de banhas.

15. Asas

E, com efeito, eletrizados por aquela voz de além-túmulo que, vangloriava-se a cantora, talvez alguma vez fora bonita, calaram-se quedos, fitando as janelas abertas, e é como se, do profundo azul-negror da noite, um bate-bate plaf-flap de asas surgisse dos céus, muito mais fortes do que grilos, e destituídos de qualquer motor, centenas delas, num quase acordo de sons unânimes, num liqueadejar de ventos uníssonos, perto, mais perto, bem mais perto; até que as asas penetraram como um imenso véu preto, formado por incontáveis e alçantes organdis negros. Em fração de segundos carregaram com elas a falecida, deixando para trás apenas o jato de luz e a vela. Se o menino dos dedos verdes fosforescentes de Meersburg estivesse ali agora, concluiria:

— Então foram aqueles pássaros... — mas ele já se transformara num daqueles homens curvados de olhar pestilento, a procurar com um monóculo teorizar sobre um dedal, e, juntando a um canto da casa uma pilha de artigos que ninguém lia, concluiu:

— *Astounding*!

16. Epílogo que silencio

— Ai, que felicidade pisar do lado de cá do Atlântico, eu já não aguentava mais tanto surrealismo!

— É, os passarinhos que piam aqui, não piam como lá! Lá piam gralhas, avestruzes, cotovias...

— Que acabam virando marmotinhas e corujas contendo o riso.

— Só mesmo Lewis Carroll tinha paciência para a decadência europeia; também no *Sylvie and Bruno* já entornou o caldo, porque o livro enche, enche mesmo! Estou farta do humor de casca de ovo de André Breton! Vejam só! Ainda existe o Angu do Gomes à baiana. Quer um prato, bem infestadinho de bactérias?

— É verdade, e adiante, ali mesmo onde se atira na rua aquele músico, louco como a Lebre Louca, chamando o táxi com seu próprio violino, ficava a casa de Manu Bandeira, hoje esfarelada pelos caminhões que abriram mais uma avenida.

"Freguês, exija seu prato individual" — o carrinho do Angu do Gomes estaciona na calçada, exibindo suas panelas donde emanam vapores quentes, enquanto recebe as exalações dos suores frios de excrementos e de mijadas em antigas noites, feitas bem ali, no portal da igreja, como antiquíssimo, milenar, escatológico ritual.

— Vamos beber um vinho na Adega do Porto? Olha o livro que eu comprei no aeroporto, ao chegar: *The Heart is a Lonely Hunter*. Puxa, Zé Batista, toco a me lembrar de você, em Campo Místico, vila cujo nome foi trocado pelo de um político: e agora mesmo já não sei se é você ou se é a cidade que não existe mais, ora essa. Trocaram o nome da cidade para Capitão alguma coisa, e ele mudou de profissão e de identidade, você sabia?

— Claro, vamos mudar de assunto, olha o tira aí.

O quê? Caetano comendo uma esfirra no Árabe do Flamengo? Pensei que estivesse olhando a lua oval da Esso. E, na outra mesa, está Jesus, sempre retornando de uma nova viagem. Que Jesus bíblico o quê, Jesus, o sobrevivente do teatro baiano.

— E foi aqui que Clarice fez morar o seu sisudo Ulisses, o professor liberal sem humor, mesmo nome de seu cachorro.

— Ih, olhe o antigo relógio da Glória, sempre batendo horas para a aproximação de Lóri e Ulisses... Uma verdadeira escola peripatética, o *Livro dos prazeres*.

— Só que Clarice esqueceu que os gregos eram bichas... e o Ulisses dela nada tinha de Platão...

— Como tantos professores liberais...

— Claro que não podia dar em casamento...

"Vai um xaxado liberado, maxixe, chuchu. Xangô, bucho, xote, oxente." Ih, os baianos estão fazendo escola na porta do metrô. É bom a gente parar por aqui. Foi-se o tempo do cantil com batida de coco na sessão da meia-noite do Paissandu. Hoje as noitadas são outras, é muito branco, é muito branco, mas não é mais o branco do coco.

(Puxando o cordão, saem Macunaíma, seguido por Mário de Andrade e Manu Bandeira e um cordão de brancos que desfilam pelo Bola Preta: e a grande fila do *Oito e meio* brasileiro parte em direção a Pasárgada, porque hoje tem jogo do Flamengo).

A RUA DO CARVALHO DE OUTONO

Fora agradável, embora ansiosa e cansativa, a caminhada por ruas ao longo do Tâmisa, à sombra dos carvalhos de outono. Lá onde os Beatles viveram. Já andara três horas a pé, do centro até ali, seguindo o curso do rio Tâmisa. Que loucura! Do centro de Londres até Cheyne Walk, a pé! Mas chegara. Era ali. A casa que ela conhecia tão bem.

— Você está procurando algum endereço em particular? — perguntou-me o ancião, num inglês muito cultivado, sentado diante das escadinhas que davam para a sólida porta de madeira trabalhada da casa.

— Bem, nada de importante, um endereço, uma recordação.

— Uma viagem sentimental?

— Talvez.

— Se puder ajudá-la, terei muito prazer — disse-me, estendendo a mão. — Meu nome é...

Era ele, era ele, era ele. Os olhos azuis cristalinos, o jeito sofisticado de falar, próprio dos habitantes de Chelsea: "*My lady is out of the country, so, if you want, I can travel to Spain with you...*".

— Preciso ir, meu avião parte em poucas horas, e o metrô, aqui...

— O metrô é bastante longe daqui, é preciso percorrer toda a King's Road, e, oh, não é uma rua nada curta!, principalmente para quem tem um voo tão em breve. Olhe, se quiser entrar um pouco, depois posso lhe dar o dinheiro para o táxi — acrescentou, com a habitual fleuma inglesa e a mesma voz de vinte anos atrás.

Muita gente pensa que King's Road significa "Estrada do Rei", ela pensou, mas isso é porque ignoram que dentro da cidade, na Inglaterra, há muitos séculos "*road*" significa rua, simplesmente rua. Sim, era ele, era ele, sempre fornecendo dinheiro para o táxi: "Pegue um táxi, aqui está o dinheiro para a corrida, é assim que nós fazemos em Londres. Você sabe, a *rush hour* torna impossível buscar as pessoas no centro da cidade. Não tem nada demais, não se ofenda. É uma maneira polida, indireta, de buscar alguém em casa, sem ir até lá, '*if you know what I mean*'..."

— *Oh, sure, I understand it perfectly.*

O problema é que eu não sabia pronunciar Cheyne Walk. E no meio das buzinas de Soho havia aquelas moças sem calcinhas que levavam cãezinhos para passear pela corrente — eram prostitutas. Todas as prostitutas do Soho usavam cãezinhos para passear, mas não calcinhas debaixo das saias curtinhas, para assim chamar a atenção dos clientes, e subiam aquelas escadinhas com gradis que levavam ao segundo andar, ou desciam aos apartamentos de subsolo. Era um mundo novo e era a época dos Beatles, e o Elephant and Castle era um nome fascinante no mapa do metrô — mas não havia absolutamente nada de interessante ou extraordinário lá — antes fora um restaurante — e o táxi não andava.

— Quê? Onde você quer ir? — perguntou o motorista, um daqueles *gentlemen* sindicalizados e de uniforme.

— China Walk!

— China Walk! Não existe este lugar em Londres! E, se existir, deve ser muito longe, *madam*!

— Como não? Se estive lá ontem mesmo? (Impasse).

Todos os motoristas eram sindicalizados, na década de 1960, quando o mundo ainda não se tornara um grande mafuá eletrônico e consumista, e os táxis ainda não tinham virado *gypsies*, ou ilegais, como em Nova York. Ali o taxista sem dúvida diria "*damned far*" e suprimiria o "*madam*" por "*mam*". Nem o Piccadilly Circus se tornara um circo de palhaços drogados e exangues expostos ao olhar fotográfico dos turistas estrangeiros e dos transeuntes, tão ignorantes e incapazes de dizer um nome de rua quanto você. Sem o uso correto da língua e o conhecimento perfeito do mapa da cidade não se poderia dirigir um táxi em Londres, é lógico. Tudo era lógico na ilha, desde o tempo de Lewis Carroll.

Na ilha inglesa não havia toda aquela bagunça e decadência que primeiro apareceram em Nova York e depois contaminaram Paris, Londres, Roma, Atenas, até chegar ao Cairo. Mas cada cidade tem sua própria loucura, ampla ou localizada; facetas diferentes, nem sempre reconhecidas como tal. Em Nova York, a orgia da abertura dos manicômios (para economizar no seguro social), loucos soltos conversando sozinhos nos bancos de praça e nos metrôs (sem nunca tomar banho, é claro, o que não é nada lógico), e meninos atirando bolas de neve (imundas) nos ônibus, sem falar dos grafites nos muros e hortas cercadas de arame nos terrenos baldios das avenidas A, B, C e D. Com a mania de ser uma cidade séria, profissional, a febre do turismo chegou a Londres bem depois que a outras cidades. E, até hoje, ela resiste à vontade de se tornar uma grande megalópole marciana, como Orlando.

Eu olhava as árvores outonais à beira do Tâmisa. O Tâmisa estava lá desde o tempo de Shakespeare, é lógico. Na altura do Palácio de Windsor, se tornava um ridículo riacho, mas o barco franqueava as águas com a mesma dignidade que no trecho mais largo e majestoso, perto de Westminster. Os londrinos encaravam com séria preocupação a loucura de um ator milionário norte-americano que havia reconstruído o Globe Theatre de Shakespeare, idêntico ao original, em todos os detalhes. Para escapar ao mal-estar com o *kitsch* da situação, passaram a fingir que ele nunca tinha se queimado. Algum povo no mundo tinha de continuar fingindo que ainda existia alguma realidade, além da virtual.

— É uma rua estreita, paralela ao rio, perto de King's Road. É muito longe do centro. Olhe, vou escrever o nome aqui!

— Ah, Cheyne Walk!

— Mas é só uma pequena alteração no som — não faz a menor diferença!

— Faz, sim, *madam*, desculpe-me, uma pequena diferença, mesmo de tom, faz *toda* a diferença. — E não falou mais durante todo o trajeto, fechando a divisória de vidro. Naquele tempo, ainda era de bom-tom respeitar a *privacy* dos passageiros, por mais heterodoxos que fossem seus usos e costumes desde o tempo dos Beatles — que, aliás, receberam a medalha do Império britânico das mãos da rainha Elizabeth II, cuja família também era craque em heterodoxia. De modo que também nisso havia a tradição, preservando-se a logicidade da sequência dos fatos, mesmo que em ordem inversa. Essa mania de fechar a divisória era um resquício dos hábitos dos antigos palafreneiros e mordomos da nobreza — mesmo que servissem a Jack, o Estripador —, ao percorrerem as ruas da cidade: total privacidade dos senhores feudais, em sua crescente mudança do campo para a cidade. O táxi tinha sempre duas cadeiras extras, dessas de montar, presas ao encosto do assento do motorista. E o carro era pintado de um preto tão brilhante e encerado, e era tão espaçoso, que seria possível dar um baile ali, pensava ela, no seu ilógico exagero habitual. Muitos a tomavam por burra, mas era apenas o efeito do sangue.

Sangue demais, que corria depressa demais nas veias. Vivia quente, exaltada, estourando de ideias, entupida com o excesso delas. Tinha a impressão de que, se a contratassem para vender suas ideias, ficaria milionária. O problema é que não eram práticas! E assim, saltou para dentro dos seus pensamentos.

Voltara a Londres havia dois dias, duas décadas depois da sua primeira viagem, carregando uma valise descomunal, dessas malas imensas de rodinhas quebradas e empenadas, que se desequilibram e caem a toda hora e que as pessoas inexperientes pensam que poderão enfiar num trem e transportar pelas velhas escadarias de cimento dos metrôs. Arrastava-a, com toda a sensação de cansaço e ridículo que esse peso pode provocar nos incautos, pela Hyde Park Gate — onde fora, no número 22, a casa onde Virginia Woolf vivera com os irmãos e o pai, Sir Leslie Stephen, antes da guerra. Depois da morte do pai, ela, os irmãos e amigos formaram o famoso Bloomsbury Circle, na Gordon Square, 46. Na verdade, ela nunca tinha encontrado a casa da infância de Virginia, por mais que caminhasse. Não tinha a persistência de biógrafos, que passam meses esquadrinhando mapas, realizando entrevistas e consultando guias telefônicos para revisitar locais habitados por seus autores preferidos. Passeava ao léu, nada planejava e vivia sendo roubada ou correndo riscos desnecessários, quando não era vítima de algum incômodo, por sua imprevidência.

Não havia jeito de encontrar o número da tal pensão. Daquela vez, dirigia-se a uma pensão baratíssima. Pegara três metrôs até ali, com a maldita mala, a maleta de mão, a bolsa pesada (maldição!) e seu cartão semanal do metrô. Um *chicano*, ou *riquenho*, ou um tipo parecendo terceiro-mundista querendo parecer viajado — tão grotesco quanto ela mesma, na cidade lógica e organizada — atravessava a rua sempre que ela a atravessava, e se escondia nas esquinas quando ela olhava para trás, fazendo-se de engraçadinho. Ele antes tentara puxar conversa na escada rolante do metrô, olhando-a fixamente com o olho direito — o esquerdo escondido atrás de vasta cabeleira negra. Ela o imaginara puxando-lhe a bolsa para roubá-la, enfim, cenas habituais nas plagas natais dela. Pousara a bagagem e se escondera um momento atrás da coluna vitoriana de uma casa para espreitá-lo. Imaginava-se bem ridícula naquela posição. Passado algum tempo, voltou a pedir informações, e lhe apontaram a direção oposta à que andara, no outro extremo da interminável rua, exatamente para o lado do portão do Hyde Park Gate. Estava longe. Teria de recomeçar toda a caminhada! Só então percebeu que números ímpares e pares se sucediam no mesmo lado da rua, em vez de em lados opostos. Tinha sua lógica, se você se esforçasse por entendê-la!

Puxando a mala empenada nas suas rodinhas fora de gonzo, foi atropelada por um senhor de terno que segurava um potinho de tinta branca e um pincel. Parte da tinta se esparramou por sua calça de veludo batidíssima, que comprara havia anos numa liquidação. Ele se desculpou até a quinta geração. — Oh, não se incomode, não foi nada mesmo! — ela conseguiu dizer, arfante, enquanto continuava tentando puxar a mala, pesada como mil diabos. Ele a acompanhou por uns metros, ainda se desculpando, educadíssimo, o potinho nas mãos, mexendo a tinta com o pincel comprido demais. Isso talvez explicasse sua distração. Depois desapareceu num carro. Ela continuou se arrastando. Dois quarteirões adiante, um carro estacionou. Dele saiu uma pessoa vagamente conhecida, que se postou a sua frente. Estava exausta. Marcaram seu lugar, por engano, no fundo do avião, perto dos banheiros e na área poluída dos fumantes. Mal suportara a noite em claro.

— Senhorita, eu preciso lhe dizer alguma coisa muito grave!

Ora, o que seria? Ah, era o mesmo senhor inglês de poucos minutos atrás!

— Essa tinta... essa tinta é especial, ela é própria para colar trabalhos... ela fura o tecido, vai rasgar o tecido das suas calças, não dá para tirar nunca mais... vai rasgar suas calças!

— Rasgar minhas calças?

— Sim, a tinta... Eu... se quiser... subir comigo, em minha casa, ahn... meu ateliê, no quinto andar, eu... tenho um produto que pode neutralizar o efeito dessa mancha em sua roupa, eu sinto muito, se me permitir, no quinto andar...

Seu rosto sanguíneo estava caído e dramático, do alto de seus sessenta anos ou mais. É como se a sua vida dependesse daquela decisão.

— Vai manchar suas calças para sempre, vai rasgar o tecido, são só cinco andares, eu sinto muito!

— Oh, não se incomode, sinceramente, não manchou tanto assim. Realmente, não é necessário. Não se preocupe, é uma calça muito velha. Não tem importância.

Os ingleses são muito lógicos. Só não via lógica em subir cinco andares com aquela mala e mais a maleta e a bolsa, seguindo um velho de vasta cabeleira branca, só por causa de um par de calças velhas de veludo e uma hipotética tinta devastadora. E depois de chegar no alto, haveria mais alguma coisa para fazer por lá? Da outra vez trocava dinheiro num banco e um senhor — já era um senhor mesmo, naquela época — comentou algo sobre o exotismo da cor de seu passaporte estrangeiro. Ela entabulara conversa, encantada de que alguém lhe dirigisse a palavra em Londres. Finalmente, alguém conversava com ela: poderia treinar o seu inglês. Ele usava um vocabulário sofisticado, e tinha um carro vermelho moderníssimo, sem capota (supostamente, era verão; ao meio-dia fazia vinte graus, à noite, dez).

Ela se sentiu muito honrada, do alto dos seus dezoito anos, em não precisar ouvir mentiras de um sujeitinho espanhol que fingia ser francês, num pub de Piccadilly — Piccadilly, naquela década de 1960, ainda era a bela praça Piccadilly dos tempos em que Clarissa Dalloway descia a Bond Street com os olhos cravados no céu, procurando nuvens perfuradas por aviões, e nem era atropelada, nem nada, ouvindo os sinos a bimbalharem. (Agora a chamavam New Bond Street, custara a perceber). Como tudo isso pertencia a um passado literário! Ah, estamos vivendo demais, não é mesmo? Ficamos sabendo de tudo, de toda a verdade, ano após ano, década após década! A sabedoria da Idade Média, em que se vivia a média de 40 anos — daí o nome do período: Idade Média, ha, ha, ha! —

(Estava ficando boba e cansada! Acaba-se o mistério com uma vida tão longa!).

Se tivesse morrido jovem, não teria revisto o curso de inglês da International House, na Shaftesbury Avenue, literalmente em ruínas! O seu professor de então, Barry, hoje devia ser um provecto senhor enquadrado na sociedade. Em fins dos anos 1960, fora morar em Sierra Leoa com uma verdadeira leoa de pele negra brilhante, magríssima e sensualíssima, que pena, ele era tão lindo e inteligente — abandonava, quem sabe, uma carreira universitária na London School pela aventura. E deixou para trás o apartamento em que precisava descer correndo as escadarias rangentes, catando níqueis nos velhos bolsos puídos das calças a cada par de horas, para colocar alguns *pence* na caixa de luz, sob pena de ficar às escuras. E era difícil descer no escuro, também.

Barry acusara esse seu amigo, que ela conhecera no tal banco, de ser muito *high class*, porque empregava palavras como *super* (pronunciava-se *"supper"*), que circulavam na alta classe londrina. Naquele tempo, não havia esta mixórdia de toda gente se sentar lado a lado no *fast food* da esquina e se tornar vítima fútil do mesmo cardápio mundial ou vítima fatal da mesma doença, das mesmas drogas e mazelas em todos os países, ai! que falta de imaginação! Havia separação de classes e preocupações diferentes, esquerdistas, direitistas, capitalistas, socialistas e até monarquistas. Em cada grupo, um gosto próprio e bem-marcado: ou cachaça, ou uísque, sem concessões. Nada de substituir cachaça por vodca na caipirinha. Realmente, o sonho acabou.

Mas não escapou dos cinco lances de escada. Só que da pensão. É claro que ninguém a ajudou a galgar os cinco imensos patamares arrastando a mala descomunal, quase caindo sobre os vitrais cobertos de fuligem no que um dia fora um elegantíssimo palacete de família *high class* em Hyde Park Gate. Era perto da casa da então Virginia Stephen, pensava, para se consolar, enquanto empurrava a mala para debaixo da cama, cuidando para não acordar três jovens que dormiam nas outras camas.

Desta vez, visitou a Tate Gallery para ver os desenhos de Blake. Fora a pé, pois adorava andar a pé, e a pé continuara até Cheyne Walk, que loucura! Quase três horas a pé, com certeza! Os pés estavam maiores que os sapatos, achava que havia uma bolha no pé esquerdo. Não seria melhor desistir e pegar um ônibus para voltar? Mas qual? Ao passar por um *pub*, alguns rapazes fizeram piadas típicas do *humour* inglês.

— Cerveja? Um copo de cerveja? Olhe, este *pub* é antigo para valer, autêntico mesmo, uma verdadeira peça de antiquário! — Ela achou muito divertido que desconhecidos ainda a convidassem para beber cerveja. Oh, os tempos mudaram. Imagine se aceitasse, como não ficariam sem-graça! E de que falariam?

Provavelmente, ela teria de falar de política e de futebol. Assunto universal e próprio de *pub*, bem popular, preso a uma saudável tradição de oralidade.

Mas viera até ali para fazer coisa muito diferente. Loucura de último dia de viagem. Lembrou-se de Fernando Pessoa, ele mesmo eternamente estrangeiro: inglês em Portugal e português na África do Sul: *London Revisited*. E ela, em Londres, revisitaria uma determinada casa, num determinado bairro, que fora um estopim em sua vida. Qual era seu nome mesmo? Não havia maneira de se lembrar. Se não o tivesse encontrado no tal banco, daquela vez, talvez sua vida tivesse tomado um rumo bem diverso. Teria voltado para casa e continuado com seu namoro adolescente. Mas aquele encontro... nada que fosse durar, claro, naquela época as pessoas não pensavam em nada específico quando se conheciam, só queriam saber onde iriam jantar e se eram boas de cama. Depois vinha a paranoia do abandono. Mas só depois. Quando ela lhe dissera que ele não poderia segui-la até a Espanha — estaria com a família, ora bolas! —, ele ficou, aparentemente, muito ofendido. Sumiu. Ela se arrependera. Não que quisesse ir com ele para a Espanha. Ora, não ia dar uma de Hemingway, que carregava os Estados Unidos aonde ia. Na Espanha, ficaria com os espanhóis.

Então, após romper com ele, os domingos tinham se tornado intermináveis. Enquanto o seu grupo do curso de inglês viajava para Stonehenge para ver pedras, pedras megalíticas, consideradas, por muitos, motivo de culto celta e tudo mais, mas, ainda assim, pedras, ela ficara em Londres. Pedras em círculo para adorar o sol. Na década de 1960, as pessoas iam visitar essas pedras com motivação arqueológica, sem nenhuma preocupação mística, como passou a acontecer anos depois. Ficara telefonando de telefones públicos espetados em imensos gramados de subúrbios na manhã invariavelmente nublada. Pensara, em último caso, até em telefonar para sua família no exterior.

A cada novo telefonema, uma vozinha eletrônica repetia que ele não estava. Devia ter ido encontrar "sua *lady*" *somewhere*. Havia um gosto meio masoquista, de solidão, naquele telefonar indefinidamente para ele, os olhos perdidos nos gramados sem carneiros, sem ninguém jogando golfe. Por que não fora com os outros visitar as pedras de Stonehenge? Seriam pedras celtas ou anteriores a essa cultura? Vira-as num cartão postal, como fazia a velha senhora portuguesa, que costumava se desculpar: "Para que viajar, se posso ver tudo nos cartões postais?" — Bastara-lhe uma espiadela nas paisagens do cartão postal para satisfazer sua curiosidade sobre aquelas pedras megalíticas, que já não era muita. Apenas um círculo de pedras, provavelmente um túmulo da Era do Bronze. Nada que se assemelhasse ao Grand Canyon ou a Vila Velha, no Paraná. Mas, naquela época, ainda não sabia que os domingos são o grande teste de resistência no exterior. Aos domingos é preciso encher bem os pulmões e ir saltando de show em show, de filme em filme; jamais parar e encarar um prado vazio.

Uma vez fora comer num restaurante russo chamado Daikiss, perto do Victoria and Albert Museum. A proprietária não quisera aceitar gorjeta. Mesmo no exílio, continuava comunista: "Guarde seu dinheiro para comprar alguma coisa." — Mas talvez fizesse parte dos hábitos econômicos dos ingleses — afinal, a Inglaterra era o Portugal que deu certo. Em Chelsea, o dono do antiquário só a deixara comprar uma calçadeira vitoriana, de madeira de lei — devia ser de mogno, era avermelhada. "Guarde seu dinheiro, você está gastando demais!" — Mas ela o desobedecera um pouco e levara ainda um grupo de quatro cachorrinhos de madeira, antigos, com os nomes escritos a nanquim numa etiquetazinha de papel presa ao pescoço por um fio de linha. Seriam suas mascotes para sempre. Desta vez, nesta viagem, ficara rondando o Museu, pela manhã, sem encontrar o restaurante. Devia ter fechado, é claro. Junto com o comunismo e seus exilados.

Achou que estava ficando velha demais! Naquela época, Chelsea era um bairro tão fino, tão elegante, de um tipo tão sóbrio e europeu! As pessoas andavam na rua de salto alto e bico fino, e não havia sequestros nem bombas do IRA — irra! ah! Por que todos a protegiam? Teria cara de miserável e explorada de Terceiro Mundo? Ao fim e ao cabo, terminou usando a calçadeira vitoriana como coçadeira. Depois transformou-a em adorno vitoriano, e a pendurou na estante. Um dia ela sumiu. Só depois sentiu uma enorme falta das recordações. É incrível como as coisas somem do seu olhar de repente, principalmente se você é *hippie* e mora especificamente em Santa Teresa, na década de 1970. Todos levam tudo de todos e de qualquer lugar. Só os cachorrinhos de madeira permaneciam como testemunhas oculares da sua vida.

Lembrava-se de que ele lhe dissera: "Não dá para você parar de puxar a minha pele nas costas?" — Na verdade, ela nunca tivera contato físico com uma pessoa mais velha, e achara estranho que a pele branca, pelancuda, se desprendesse do músculo como chiclete. Aquilo o irritava para valer. Mas ela se esquecia e voltava a lhe repuxar a pele das costas. De manhã, aparecera a governanta (ah, quanta elegância, quanta distinção!), trazendo o *breakfast* na cama, numa bandeja. Sentira-se bem incômoda, estando ela no lugar da velha *lady* dele — uma expressão condenada por Barry, que recitava Eliot de cor nas aulas da International House e que definira, entre *cups of tea* no seu velho apartamento, aquela forma de dizer *"lady"* como *"exclusively high class..."*.

Muita gente considerara uma glória ela ter sido convidada para conversar na casa de um inglês, ainda por cima um professor. Havia estrangeiros morando há dez anos em Londres que nunca conseguiram ser convidados para a casa de ninguém. São coisas que acontecem aos jovens. E, também, pelo outro inglês. Quem sabe ela teria idade para ser filha da *lady* dele. Toda aquela gente era um bocado antiga, assim como a cidade! E ele lhe dava dinheiro para o táxi. Ela se sentia embaraçada com isso. Estava acostumada a trabalhar e comprar coisas com seu próprio dinheiro. Pertencia a uma geração de mulheres autossustentáveis.

Ela se vingava da idade dele. Gostava de *épater*, como toda adolescente. Principalmente se a sua vida foi estragada por um golpe de Estado idiota que matou e torturou seus amigos, destruiu todos os seus sonhos, sua universidade, sua convivência, tudo que tinha planejado e querido para um grande país que não aconteceu! Na primeira noite, após o encontro no banco, saíra com ele e um casal de amigos dele para jantar. Foram a um restaurante indiano, escolha indefectível em Londres, naqueles dias, se você quisesse, prudentemente, escapar da culinária local. Era o equivalente à febre do *sushi* em Nova York, vinte anos depois.

Era daqueles excessivamente típicos, de comida *hot* demais. Horrível a comida. Ela quisera experimentar o exótico, mas, como sempre, exagerara. Dificílimo beliscar o mínimo para não ser *uncivil*. Quase ao final do sacrifício da mesa, ela exibira todos os seus dotes retóricos existencialistas, falando da vontade individual em choque com a vontade coletiva do Estado, do eu *versus* as instituições constituídas, de como a afirmação da existência determina a essência através da ação exterior... Fizera até uma engenhosa comparação com um jogo de xadrez, num discurso feminista *avant la lettre*, quando a mulher tem de dar o xeque-mate e mostrar sua vontade de viajar livremente, sem compromissos com ninguém. Seu discurso parecia querer provar a todos que, do ponto de vista da liberdade de escolha existencialista, a existência determinando a essência, o para-si definindo o em-si... enfim, não escolheria ir para a cama com ele, pois isso significaria ser determinada pelo real externo e ver diminuída sua própria liberdade essencial de escolha. (Esse tipo de discurso existencialista-sartreano seria em breve substituído pelo jargão psicanalítico, nos jantares.) Os três ingleses idosos (para ela) estavam embasbacados com seu discernimento, sua fala, sua decisão...

Contudo, ao sair dali, ela entrara no carro esporte conversível vermelho dele e fora dormir com ele em Cheyne Walk. É, um homem bem mais velho. Dera uma vontade súbita de ver como era. "Pensei que você não quisesse, entendi mal e..." — Por que ela fizera aquilo? Por que fora parar no outro extremo de Londres, sabendo que tinha aula cedo, na manhã nublada? "Olhe, eu posso lhe dar o dinheiro para o táxi..." — Sim, este era um oferecimento muito lógico. Só não podia atinar com a lógica de ter diante de si, com seu olhar azul, percuciente, aquele ancião sentado em sua cadeira de rodas elétrica. Pois, como ele subiria as escadas? Aquelas escadinhas que ela conhecia tão bem? Os degraus que mudaram para sempre o rumo de sua vida?

A BUSCA DAS MISTERIOSAS ESTATUETAS DE OURO DOS ANDES E DE COMO ELAS FORAM ENCONTRADAS NO HEMISFÉRIO NORTE NAS MÃOS DE NOVOS E IMPIEDOSOS CONQUISTADORES

Springfield, Mass.:

Vento frio de "primavera". Main Street abandonada, com o velho viaduto onde apita o trem. Vitrinas exibindo elegantes *bagels* de Nova York e o *"Fim"* marcado nos jogos eletrônicos em viagens interplanetárias. Um *shopping center* se anuncia na rua deserta das sete horas, agora com sua nova concepção urbana de *mall*. Escadas rolantes com células eletrônicas, enquanto um homem, bucolicamente, lava uma jardineira de mármore negro com os velhos balde e escovão.

Entro numa *cafeteria*, o bolso mais para o vazio; comparação inevitável com o sul da França, onde se espalhariam convidativos quitutes a preço sugestivo. Meu estômago ronca, arruinado. Acrobacias culinárias para mais uma semana de viagem em sustentáveis hotéis. A maior parte das noites dormirei durante as viagens nos trens e ônibus, espero. Escolhi no *self-service* uma sopa de ervilhas, e o proprietário a requenta no micro-ondas.

Sento-me para escrever estas linhas, enquanto uma velha se põe a conversar sozinha numa mesa no lado oposto da sala vazia.

— Eu lhe disse que o menino ia morrer. Morreu tanto que carregou com ele até o coveiro. Quando você vai parar de bancar o trouxa?

Inquiria o interlocutor invisível e ajeitava o chapéu de filó roxo sobre os cabelos ressecados, tingidos de amarelo. Sua imagem se confunde num espelho onde as letras vermelhas em neon, "*Restaurant*", refletem-se invertidas e repetidas em diversos espelhos. Ora emite sons imperceptíveis, ora frases interrompidas.

— O tempo de atores e atrizes acabou. Exatamente como na Europa! Pare com essa confusão! O menino morreu, já lhe disse!

Levanto o rosto do papel e os olhos dela estão pregados em mim. A boca enrugada lembra o aspecto de toda a cidadezinha: uma rua inteira de casas vazias.

Pela janela de uma pensão abandonada e escura, vê-se uma velha cama de beliche; as portas estão pregadas com pedaços de madeira.

O homem apaga a luz de neon do restaurante, e a velha, como ao final do terceiro ato, lentamente sai.

A verdadeira história das estátuas de ouro de Machu Picchu

Hiram Bingham partiu em explorações pela cordilheira dos Andes em 1911, 1912 e 1915. Buscava a Cidade Perdida dos Incas, Machu Picchu. Com ele ia "um grupo de índios de má vontade" e valentes compatriotas norte-americanos — como afirma em seu relatório, publicado anos mais tarde. A única cidade que escapou à sanha de Pizarro estava encoberta por copiosa floresta, a 3.000 metros de altitude, encravada na alta cadeia de montanhas de Huayna Picchu, para além de Cusco.

Rasgava a selva a facão e enxada e avançava por um impressionante desfiladeiro, passando por Pisac, Ollantaytambo, e afundava nas nuvens. À medida que as rochas talhadas emergiam da selva, no flanco da montanha, mais era preciso escavar, procurar e, finalmente, queimar a floresta.

Dali surgiu a "Mais Bela Muralha da América", como foi chamada pelos exploradores norte-americanos, maravilha de encaixe em monumentos sem marca de mescla ou cimento, mas sim o corte perfeito da pedra, no seu ponto de maior resistência. Depois emergiu o Relógio do Sol. Ao contrário dos relógios da era moderna, que se deterioram com o tempo, este, feito de pedra e luz, continua marcando precisamente todas as horas do dia, desde o início daquela cultura, há 5.000 anos, até o dia da descoberta da cidade, 400 anos depois da queda do império incaico. E provavelmente continuará a marcar todos os tempos, templo irremovível por qualquer terremoto, que atinge a altura dos prédios modernos de Lima, quem sabe até que uma bomba atômica venha jogar tudo por terra.

Em apenas cem anos, três incas, Pachacuti, Topa Inca e Huayna Capac, haviam levantado o império incaico, de 4.300 km^2, com seis ou talvez até 30 milhões de habitantes, a partir do vácuo de poder aberto pela queda do império Huari no ano 800. Partindo da cultura da bacia de Tiauanaco, haviam dominado as culturas Chimu, Chincha, Chancai e centenas de tribos, desde o norte do Peru e o sul do Equador até o oeste da Argentina e o norte do Chile, parando apenas nos limites da densa floresta amazônica.

Centralizando o império em duas capitais administrativas, Quito e Cusco, utilizavam o quíchua como língua administrativa, os nós ou *quipus* para o controle da produção, pois não tinham escrita, e os *chasquis*, ou mensageiros, como correio até os mais distantes pontos do império, através das serras. Não conheciam a roda — mas para que serviria, nas trilhas da montanha? Não ousavam olhar o Inca de frente, pois ele era a representação de Inti, o Deus-Sol.

Herdeiro do antigo Deus do Portão de Tiauanaco, Inti era o criador do mundo e o incorporador dos movimentos cíclicos das estrelas e planetas. Era Ilhapa, deus do céu e da tempestade, e Viracocha, herói civilizador. A par da admirável e racional organização administrativa, os mitos falavam da chegada de estranhos deuses sobrenaturais extraterrestres que viriam do sol poente, montados em estranhos e altos animais.

As previsões se comprovaram em 1532, quando Francisco Pizarro, em companhia de apenas 168 homens, conseguiu desembarcar sem encontrar resistência, todos vindos do Pacífico e montados em cavalos. Além dos mitos, ocorreram as sangrentas contendas internas travadas entre os irmãos Huáscar e Atahualpa, após a morte do pai, o Inca Huayna Capac, em 1525, pouco antes da invasão. Vence Atahualpa, para sua própria desgraça. Em novembro do próprio ano em que termina a guerra, chega o Conquistador. Um ano depois, Atahualpa é morto por Pizarro, que ocupa a capital do maior império das Américas, o Tavantinsuiu, ou Terra dos Quatro Distritos.

Pizarro ordenou ao sacerdote Felipillo que entregasse a Bíblia a Atahualpa, para este ler alguns versículos.

O indígena segurou a Bíblia de cabeça para baixo.

— Imbecil! Desrespeito! Não sabe ler? — Tomba a cabeça de Atahualpa.

O rei Carlos V não conteve a sua ira ao receber a notícia da própria boca do conquistador.

— Boçal! Agora como vamos saber onde guardaram o ouro?

Mandou jogarem-no na masmorra. Mas o mal estava feito. Contentaram-se em escravizar os incas e incutir-lhes os hábitos espanhóis, a religião e a língua, recusando-lhes o trânsito à costa e a entrada em Lima, onde se aboletaram, balofos beberrões brancos.

Um último inca menino da dinastia dos treze reis ainda é escondido pela população em polvorosa, mas cai pelos ardis dos conquistadores.

Machu Picchu — a cidade sagrada dos incas — permanece escondida na serra por 400 anos.

Os mistérios de Machu Picchu

Mais uma horda de turistas chega à estação ferroviária da belíssima Cusco, chamada pelos incas de umbigo do mundo, hoje espanhola, enfeitada de igrejas e portais barrocos, ao pé das muralhas religiosas de Tambomachay. Mas foi erguida por cima do plano da antiga capital indígena, a cidade sagrada de Cusco, com o formato de um puma: na cabeça, a grande fortaleza de Sacsauaman; no corpo, pernas e rabo, os palácios, templos, praças, ruas e demais construções. Ali viviam os imperadores, seus cortesãos e guardiões, os altos sacerdotes, os prefeitos dos quatro distritos e outros oficiais.

No dia ensolarado de verão, o trem atravessa os vales cuidadosamente penteados por canais de irrigação e a vasta cabeleira aparada de plantações verde-escuras. Marcando o final de cada terreno, cerquinhas de pedra vão se perder no horizonte, fincadas ali por gerações e gerações. Desde a metade da década de 1960, sob o impacto de movimentos de base, os incas se recusam a pagar impostos sobre a venda de seus produtos agrícolas ao governo peruano-espanhol. Vivem na sua cultura autônoma. Vendem ou trocam suas mercadorias agrícolas e de tecelagem ou artesanato nas feiras locais. Nos fins de semana, em plena praça, atropelam-se lhamas, vicunhas, pumas, tendas, jarros, ponchos, adornos de ouro e prata, joias, enfeites, objetos de cerâmica, utensílios de cozinha, cabrestos, crianças, mulheres, homens, todos vestidos de uma forma miraculosamente colorida, num tecido que não desbota nunca. Mal se entende algo na mistura de quíchua, espanhol e inglês.

Assim perpetuam eles os hábitos de vida de seus antepassados, que viviam um modo de produção sem intermediários, onde os fazendeiros produziam e distribuíam os alimentos, hoje sob a supervisão do governo de Lima. Em todo o império incaico, o pagamento de taxas aos *curacas*, ou oficiais hereditários das províncias, se fazia construindo obras públicas e guarnecendo os exércitos, cultivando fazendas do Estado e construindo canais de irrigação, além de outras obras públicas e grandes monumentos em pedras gigantescas.

O trem se arrasta pela cremalheira acima, eventualmente retornando em desvios, para compensar a íngreme subida. A marcha a ré em face do abismo provoca uma emoção violenta, e alguns procuram não olhar para baixo. Já são visíveis as montanhas de Huaína Picchu e Machu Picchu, um corredor de 3.000 metros de altura que parece fazer sombra sobre o trem. O vale cultivado vai desaparecendo. Os trilhos parecem mergulhar nas nuvens cinzas do infinito.

Dali a três horas, os turistas, extasiados, se põem a grimpar como lhamas pelas rochas lapidadas do passado. Começa a cair uma chuva fininha de verão tropical. O céu é cor de chumbo. Os nativos, inventivos, vendem capinhas de chuva improvisadas, feitas de plástico transparente, por eles mesmos recortadas.

Penhasco abaixo, o vale do Aobamba se abre até onde o olhar avista; dali parte o Caminho Real dos Incas, desaparecendo sinuoso na montanha, a cinco dias a pé da cidade mais próxima, Cusco.

Guiados por meninos, bandos de turistas voltam os olhos do Grupo do Mausoléu Real para o Templo das Três Janelas, construído em memória dos ancestrais. No vale do Aobamba, o rio Urubamba brilha prateado por um raio de sol que se infiltrou na chuva cinzenta e pastosa. É como se os incas ainda se banhassem ali, acompanhados por toda a sua corte, com suas roupas coloridas e brilhantes parassóis.

Da Muralha Oriental os turistas passam pelas Fontes, atravessam o Jardim Particular do Inca e o Monumento das Pedras Sagradas, as *huacas*. Quase todo objeto, pessoa ou especialmente pedra excepcional é uma *huaca*, um objeto sagrado entre os indígenas: todos os monumentos, todos os templos, todas as montanhas. Por isso, talvez, não queiram destruir o que os cerca.

Uns caminham pelo Templo da Serpente, outros se sentam nos nichos escavados nas muralhas de pedra, com aberturas para os braços e as pernas, para fins de punição dos que mentiram, mataram ou abandonaram as esposas.

Sobem murmúrios, numa Babel de línguas, a respeito de um alemão que tinha tomado a Antiga Trilha do Inca e ficara dependurado a milhares de metros, devido ao desbarrancamento de uma pedra pelo excesso de lama. E lá ficara oscilando o seu cadáver, de um galho, a carne em pedaços, aguardando a Força Pública.

Ainda sob o impacto da terrível Lei e Jugo do Inca, o Rei Sol, cujo rosto seus cidadãos não ousavam fitar, a voz do guia passa a adquirir dimensões imensas, ecoando da montanha de Machu Picchu até o vale do Aobamba:

— Nestes templos sagrados havia estátuas de ouro brilhando ao sol, com os olhos voltados para a Cordilheira e os braços postos em meditação. Estátuas imensas, de ouro, de um valor inestimável. Sempre estiveram aqui, desde o período áureo da civilização incaica. Mas foram carregadas pelos exploradores americanos, que descobriram esta cidade no início deste século. Hiram Bingham, meus senhores, este é o nome do homem que levou para Yale todo o nosso tesouro: isto quando "descobriu" a cidade secreta dos incas, encravada na cordilheira dos Andes! E como conseguiu levar tão pesadas estátuas até Lima, quando nem havia trem, e de lá para os Estados Unidos?

A voz se espalha desconfortavelmente. Seus olhos, geralmente pacíficos pelo uso regular da coca, que ajuda a sobreviver nas grandes altitudes, parecem ora se apertar, ora saltar, como se fossem explodir nas órbitas; e o homem, tão baixinho e isolado, com sua pele vermelha, de pé sobre aquelas majestosas muralhas, procurava encontrar na sua imaginação a paisagem anterior, os templos recobertos de palha, cercados pelas grandes estátuas de ouro, sob chuva ou sol, resplandecentes, através de inúmeros séculos.

— Ele carregou as enormes estátuas de ouro de Machu Picchu! Com que direito? — deblaterou o indefeso inca, em espanhol, enquanto os turistas norte-americanos o fotografavam, risonhos, ou palitavam as unhas, sem entender nada, pois a tradução suprimia vários trechos em inglês.

— O direito que os conquistadores se dão, desde os tempos de Pizarro! Por centenas de anos os espanhóis arrastaram dessas terras tudo o que encontraram no seu caminho, fosse ouro, prata, ou a vida dos habitantes — continuou o guia, um quíchua legítimo. Assim os ingleses levaram para Londres as múmias e os adornos de Nefertiti, Ramsés, e todos os faraós. Só não levaram as pirâmides porque não puderam. Assim levou Cortez toda a prata que encontrou no México, e construiu sua cidade cristã por cima da cidade sagrada dos astecas, utilizando as próprias pedras dos templos! Assim este homem chamado Hiram Bingham arrancou do último templo dos incas, o único que escapara da invasão dos conquistadores espanhóis, imensas estátuas totalmente de ouro, que brilhavam sob o nosso sol e nossos arco-íris.

Apesar das brigas por lugar no trem de retorno, uma vez que havia bilhetes com números repetidos (daqueles que haviam passado a noite no hotel e só retornaram no dia seguinte) e da incompreensão linguística geral, as palavras do guia ainda ecoavam na cabeça de vários visitantes, inclusive de Sílvia Amorim. Será que ela sonhava em ser um novo Schliemann, o descobridor de Troia, que no século XIX largara tudo para provar que era possível arrancá-la da terra que a recobrira por quase três mil anos, apenas com base nos mitos e relatos de Homero, na *Ilíada*?

Desembarcando em Cusco, na estação escura, e sonhando em abandonar tudo e partir imediatamente para Yale, em busca das misteriosas estátuas sagradas, sentiu um repuxão no seu saco de viagem. Deu um grito e agachou-se, agarrando-se ao conteúdo: mas logo pôde sentir a carteira e as máquinas fotográficas ainda a salvo dentro do saco estripado a faca, de cima a baixo. Olhando-a, de pé, com voz fleumática, uma mulher de feições espanholas com uma faca na mão lhe perguntou:

— *Qué pasa, señora?* — e se retirou lentamente, como uma condessa, sob o olhar conivente dos policiais. Então se tratava de algo combinado entre os guardas e a pobre população local, que precisava de dinheiro!

Realmente: os incas, as principais vítimas, dormiam debaixo das mesas nas quais durante o dia eles serviam duvidosas comidas, em pratos que eram lavados ali mesmo na calçada, entre os cachorros e as crianças nuas. Facas, giletes e navalhas tinham grande utilidade em Cusco, para cortarem bolsas, tiras de máquinas fotográficas e maletas de viagem. Voltou temerosa, no escuro da noite, para o hotel, enquanto as mulheres dobravam os cobertores em que de dia expunham suas mercadorias de artesanato, e com que, agora, terminada a feira, se enrolariam para dormir ali mesmo, enfrentando o frio da noite de janeiro.

Sílvia olhava tudo isso e via o sangue escorrendo pelas calçadas, numa sensação de tecido roto, de história cortada a faca — e o sangue se espalhava pelo vale, cobrindo e fertilizando a terra verde ao sol, numa ameaça potencial de violência e revolta.

⁂

Nas ruínas da fortaleza de Olhantaitambo, Sílvia e duas italianas seguiam seu inca de pele vermelha pelas escadinhas íngremes que ladeavam as plataformas agrícolas de Písac. Descendente orgulhoso de inúmeras gerações de indígenas, desde o início dos tempos, Nico Malpartita saltitava montanha acima como um lhama, com seus oito litros de sangue no coração, em vez dos cinco usuais, que lhe permitiam sobreviver sorrindo nas grandes altitudes. Às vezes se abaixava e catava folhas de coca para mascar.

— Não está maravilhoso o tempo? — perguntava às três, ofegantes com a altitude. — Vejam só que céu azul! Esta terra sempre foi nossa, há milhares de anos.

Semelhante a um grande chefe, a cada vez que passava um grupo de incas, vestidos de forma típica, ele conseguia convencê-los, em quíchua, a posar para uma foto. Normalmente, eles cuspiam como as lhamas e ficavam ainda mais irritados, fazendo gestos e caretas, quando os turistas desrespeitosos lhes jogavam moedas, como se fossem saltimbancos.

Caminhando pelas pedras ao redor do sítio religioso de Tambomachay, encontraram um inca cego sentado numa pedra, ladeado por uma lhama e tocando a sua flauta andina. O som se espalhava pela montanha mágica, que revivia os tempos de seus ancestrais.

— Estas pedrinhas que estão neste saco — explicou o flautista, são *huacas*, pedras mágicas. Elas se multiplicam. Guardem este saquinho e verão como elas repetem o ritual dos Andes.

E as notas musicais pareciam falar às pedras dos monumentos, da terra, das casas e dos muros, dos poços e das estradas, dos túmulos e dos templos que sobem para os céus, que todas são sagradas. E assim juntavam natureza e cultura. E tudo que tocam ao seu redor é sagrado, a começar pela própria vida.

Nico Malpartita, contra o sol, os cabelos ao vento, os braços fortes de pele vermelha, o poncho colorido singrando sobre o abismo atrás de si, nos explicava como os indígenas expulsaram os *hippies*, que nos anos 1970 apareceram de todos os países em busca de novas experiências, sempre com a polícia no seu encalço. Uns ensinavam maus usos para a droga, que ali sempre tivera fins rituais e para resistir à altitude, outros o uso das armas, que na maioria das vezes se reduzia entre eles ao *tumi*, a faca sagrada para o sacrifício humano. As tribos da montanha se reuniram e resolveram expulsar os intrusos.

— Há séculos vivemos como nossos avós e tataravós, de acordo com as crenças e práticas agrícolas e religiosas de nossos ancestrais. Não nos interessa o que vocês vieram aprender aqui. Com seu aprendizado estragam o nosso equilíbrio, a nossa tradição, o nosso passado.

"Vocês não querem entender como é nosso trabalho ou quais são nossos problemas. Vocês não brigam por nada ou contra nada aqui. Não entendem que estamos em luta permanente com o governo espanhol para defender a nossa autonomia e o nosso modo de vida, sem ganância, sem roubo e sem violência. Nós, indígenas, queremos viver o nosso dia a dia em contato com a natureza, comendo o que plantamos e trocando nas feiras, com nossos irmãos, o que fabricamos.

"Vocês vêm para cá e só querem saber de puxar maconha, se entregam ao uso excessivo da coca e só querem viver de esmola, sem trabalhar. Vocês combinam mais com os espanhóis — por que não vão para Lima?

"Foi assim que, espremidos entre os incas e os guardas, os *hippies* desistiram de se fixar nas nossas terras andinas."

Nico Malpartita falava e mastigava folhas de coca. Parecia um símbolo da valentia e da resistência, num país massacrado pela roubalheira, o suborno e o contrabando de cocaína, que ia para o bolso dos generais. Cada vez mais riqueza concentrada nas mãos de uns poucos. E os incas continuavam plantando coca, *maíz*, batata, quinoa, tuberosas, hortaliças, e pouco se incomodavam com o destino de seu plantio de coca para além das cadeias de montanhas que os separavam do mundo "civilizado".

Quando o vento permitia, pelas manhãs, nos dias claros, dois voos aventurosos por sobre as cordilheiras traziam e levavam ondas de turistas, de "espanhóis", cargas de mercadorias estrangeiras e produtos agrícolas e artesanais entre Cusco e Lima. A passagem dos aviões não os fazia nem mesmo levantar a cabeça do trabalho na terra. Nem lhes servia de relógio para as refeições. Ignoravam-nos. Na aterrissagem em Lima, os passageiros veriam três faixas, o azul cristalino da água, o amarelo claro da areia da praia e dos desertos e o marrom da terra que se estendia pelo casario espremido entre a cordilheira e o mar; na chegada a Cusco, eles veriam que a arriscada travessia aérea por sobre a imensa cordilheira era um adeus à pista de asfalto e um mergulho nas formas mais agrestes de vida, que começavam ali e só terminavam na foz do Amazonas, do Tocantins, e, ao sul, do Iguaçu.

E as estátuas de ouro de Machu Picchu, onde estarão?

Intermezzo

Ao pagar a conta no restaurante da rua Saint-Paul da velha Montreal com minha última nota de dez dólares canadenses, percebi que, mais uma vez, havia se completado um ciclo, um oito infinito da perfeição, a obra de arte máxima que é cada viagem, na vida. Os atos desencontrados de uma cadeia, que se ligam por aquilo que chamamos erradamente de coincidências, talvez nos protegendo da consciência que nos conduz, mas que não entendemos e nos assusta. Peças que aos poucos vão se encaixando em perfeito quebra-cabeça, coisas do Tao chinês ou de uma Cabala fantástica. Tudo tem de dar exato numa conta imaginária, simulacro do tempo. E assim foi até o último instante — quando paguei na estação pela guarda da mochila e dei as derradeiras moedas ao funcionário que, pouco norte-americanamente, isto é, com a admiração europeia pelos atos de doação gratuitos, as embolsou, feliz.

Os patos da neve chegam no verão ao Canadá em tal número que são assim chamados porque parecem um campo de neve nas costas do rio Saint-Laurent. Em setembro voam para longe dali, já cinzentos como a estação, com novas penas, libertos como tudo no Canadá: campo alegre, amplo e verde, fofinho, coberto de florzinhas brancas; cavalo vermelho acastanhado galopando com a rédea solta ao sol, a crina loura ao vento. Depois, Vermont: o trem atravessa uma paisagem onde nasce, da névoa baixa da madrugada, uma fazenda perfeitamente arrumada, com vacas, cavalos e tratores e as linhas de plantação estritamente perfilados.

Harvard e seu museu vetusto

As últimas palavras de Sílvia Amorim em sua conferência em Harvard foram:

— E assim os filhos de Manco Capac viveram a destruição, que tem sido o eterno destino de espoliação da América Latina.

Ouviu umas palmas chochas, seguidas de um constrangedor silêncio. Não houve perguntas. Fizera uma conferência apropriada para Cuba e sabia que não a convidariam de novo em Harvard. "*Tant pis*" — pensou. Falar da cultura e da arte na América Latina a partir da tradição indígena era para ela um assunto político tão apaixonante que não conseguiria tratá-lo com a frieza de uma *lady scholar* diante de um tema científico. O sangue lhe fervia nas veias e sua voz tremia de emoção. Vivia o papel de jornalista mais que o de especialista. Na história da América Latina, com seus mitos fantásticos de invasões e de civilizações extraterrestres, via sempre o mesmo processo que se repetia a cada momento na política contra a cultura: poderes mais fortes dominando, pela guerra e a espoliação econômica, um povo mais rico de individualidade: fora assim no Vietnã, no Camboja, nas Antilhas, no Caribe, no Egito, com as inundações dos monumentos, melhoria para a agricultura. E a destruição das Sete Quedas do Iguaçu, que agora viviam apenas nos versos de Drummond. Todos os atos grandiosos dos que detinham o poder sempre se implantavam de modo visual na cultura do dominado: as caras amarelas dos presidentes norte-americanos, escavadas na própria Montanha Sagrada Indígena; o Zócalo, a maior praça deserta e cimentada no mundo, na cidade do México, com a desculpa de dar perspectiva para as igrejas barrocas, mas na verdade soterrando os templos e cidades sagrados dos índios astecas. As culturas civilizadas erguidas sempre ao preço da identidade e dos sentimentos do povo chamado *primitivo.* Esta é a história da arte e da cultura — a morte da intuição e do prazer, numa era em que já se poderia viver de energia solar!

— *No questions?* Foi um prazer tê-la aqui conosco falando sobre o "Destino da arte e da cultura da América Latina", e esperamos vê-la de novo muito em breve. — Sempre a mesma gentileza polida a navalha, onde não se filtrava a menor agressão, senão a excessiva civilidade. Sim, a sociedade funcionava muito melhor, com mais urbanidade; mas por dentro o coração ressecava e por fora a pele endurecia, como no *Rinoceronte,* de Ionesco. Um dia o cidadão acordava, se olhava no espelho e via que tinha se transformado num computador. Que contraste entre os sorrisos constrangidos de Boston e o cavalo correndo solto na campina canadense!

Ela não via a hora de se lançar à busca das estátuas douradas do Rei Sol! Quem sabe não seria ali, em Harvard, que elas estavam? No dia anterior buscara a informação por inúmeros telefonemas durante os quais, por azar, acabara a tinta da caneta. Ficara memorizando números fornecidos por impessoais gravações, correndo para cima e para baixo para anotá-los, até que uma alma caridosa se prontificara a lhe emprestar uma caneta. E agora estava num metrô que a levaria ao Museu Peabody de Arqueologia e Antropologia de Harvard.

⁂

Sílvia Amorim ainda sentia o incômodo da noite mal dormida, o pescoço recostado no banco do trem, esperando a fiscalização da alfândega na fronteira do Canadá e se lembrando das elaboradas etapas que lhe permitiram chegar até lá. Após a visita aos Andes, fora apanhada pela "mania andina", como a chamava. Sonhava constantemente com as altas muralhas de Olhantaitambo ou com a cara de Nico Malpartita ao vento lhe gritando: "Onde estão as estátuas? Onde estão as nossas estátuas de ouro?" Não fora fácil convencer a instituição norte-americana que lhe financiara a viagem de que seu projeto de pesquisa abrangia a visita a diversos museus para estudar a arte em ornamentos tridimensionais nos artefatos de adorno dos povos pré-colombianos dos Andes. Para sua surpresa, fora exatamente o detalhismo do seu objetivo o que mais impressionara a comissão julgadora. A falta de qualquer inquietação política ou metafísica, que lhe parecera essencial para um trabalho acadêmico sério e bem documentado, agradara a banca. E, assim, viveria seis meses, percorrendo de trem e avião inúmeras universidades e museus, não só desenhando e fotografando ornamentos de formas tridimensionais, como estaria... à caça das suas misteriosas estátuas de ouro!

Finalmente, vencendo a custo o horror que sentia da Nova Inglaterra e seus orgulhosos bostonianos que odiavam a todos os indivíduos de cor ou com sotaque, a quem davam propositadamente informações erradas, vencendo florestas de dedos antagônicos apontando em direções contrárias, entrou no Museu Peabody. Naturalmente pela porta errada, no setor de Geologia, abarrotado de cristais, mas que, de qualquer forma, levava ao de Antropologia, por tortuosos descaminhos. Procurava, por inúmeros corredores, uma tal moça Mac Dowell, responsável pelo setor de peças artísticas. Colegiais com altura de ginastas corriam e urravam pelas salas, aparentemente sem nenhum interesse pelos inermes espécimes minerais. Os colégios não pareciam ter como fortc a disciplina.

Ao contrário do que afirmavam todos os "especialistas", Sílvia Amorim descobriu que a coleção de Jan Mitchell, chamada *A arte do ouro pré-colombiano*, continha grande variedade desse metal, não só do Panamá, Costa Rica e Colômbia, mas também do noroeste da Argentina e do Altiplano, onde se desenvolvera a cultura moche, no Peru.

Um pouco ansiosa, Sílvia Amorim atravessou a sala da rica cultura muisca da Colômbia, repleta de *tunjos*, as figurinhas zoomorfas ou antropomórficas de ouro fabricadas como objetos votivos. Havia inúmeros artefatos de ouro, adornos, peitorais, joias para as orelhas e o nariz. E *tumis*, as facas para trespassar o coração, cujo sangue era depois guardado em vasos sagrados, nos rituais. Viam-se figuras tridimensionais em ouro maciço! Mas, olhando e remirando as vitrinas, estudando cada plaqueta e sua inscrição, tudo lhe parecia nanico; verificava, decepcionada, que aqueles homenzinhos não passavam de três polegadas, menos de oito centímetros! Que lhe interessava que fossem de ouro as estatuetas? Eram de apenas três polegadas, e mal recobertas por uma fina e econômica plaqueta de ouro! Que acontecera com as grandes reservas de ouro ajuntadas pelo Inca no apogeu do Império, em torno de 1490, que deram origem aos maiores mitos do Eldorado? Diziam que o jardim da capital incaica de Cusco era feito de "peças de ouro refinado" e "que também o milho dourado, as hastes e as folhas, os adobes e as pedras eram desse metal". Uma oitava maravilha do mundo!

Finalmente, um pouco emocionada, Sílvia Amorim penetrou na sala onde se lia "Tiauanaco — cultura moche, Peru". Aquele planalto perto do lago Titicaca fora o berço do Império incaico. Ali as figurinhas eram manufaturadas em ouro maciço, com duas metades, tendo uma ligadura final, costuradas como um brioche ou um doce de chocolate. Em Sicán, um vaso sagrado media 90 centímetros! Em Batán Grande, *tumis*, as facas de sacrifício, ou mesmo facas comuns e utensílios práticos, sacralizados através de um cerimonial elaborado, resplandeciam de ouro. Mas os homúnculos de ouro, em lugar das estátuas, persistiam, como tomados por uma febre de raquitismo, lado a lado com adornos de orelha, alfinetes de roupa, peitorais e máscaras funerárias, em finas placas douradas.

A moça Mac Dowell lastimava, mas não poderia abrir o setor especial de cultura pré-colombiana. Estava muito ocupada, aguardando a visita de três colégios naquela tarde, para impedir que quebrassem os objetos em exibição! Sim, era a única pessoa com a chave.

Não, não havia um catálogo com as fotos das peças acumuladas desde o século XIX pelos pesquisadores que foram à América do Sul. Sim, o museu estava sendo recatalogado e restaurado havia quatro anos, e tudo se encontrava na maior confusão. Havia coisas demais. E Hiram Bingham? Parece que ouvira falar. Estátuas de ouro? Talvez se referisse a estatuetas de bronze e cobre? Não, não em Machu Picchu. Mas só havia estatuetas —, veja bem, estatuetas, não estátuas — de ouro maciço, entre os indígenas da Guatemala e de Honduras. De ouro maciço, mas pequenas miniaturas votivas. Tudo o que os incas faziam eram potes e objetos de cerâmica, de bronze e de ferro, como espelhos, adornos e utensílios de casa. Oh, sim, ficaria *delighted* em lhe enviar um xerox de qualquer imagem de ouro maior encontrada em Machu Picchu neste século.

A essas parcas frases, tão pouco elucidativas, ficou reduzida a grande emoção do guia de braços abertos sobre as ruínas de Machu Picchu, no alto do vale do Urubamba:

— Carregaram nossas estátuas de ouro! Com que direito faziam isso os conquistadores de todos os tempos?

Na esperança de receber o material xerocado pelo correio, Sílvia Amorim partiu, inconformada. Pensar que em tão rica instituição apenas uma pessoa possuía a chave da sala e o poder de permitir o exame do catálogo! Quatro anos de restauração! (Parecia até um dos inúmeros museus brasileiros, em que objetos cobertos de pó se acumulavam nos depósitos por falta de funcionários ou verbas). Pensar que as estátuas poderiam estar agora mesmo encostadas a uma parede úmida e mofada, ou jogadas num velho armário de ferro, totalmente esquecidas! Ou entre as maquetes de templos em gesso, já sebentas, feitas na década de 1940, percorridas por ratazanas!

Sentia o tamanho das suas estátuas diminuir pelo efeito de algum erro de tradução. Seriam estatuetas, reles miniaturas, as impressionantes estátuas de ouro maciço brilhando ao sol, tão anunciadas? Arrancadas de seus templos na América Latina, agora ganhariam um simples número de peça de museu!

A busca das estátuas de ouro em Yale

O Sr. D. K., um nome esdrúxulo, à moda de Lispector ou Kafka, não parecia comparecer muito ao trabalho; o eterno álibi da pesquisa na biblioteca pessoal ou do escritório em casa, talvez para escapar à horrível aura sombria de New Haven. Finalmente, alcançado em seu intelectual reduto do Museu Peabody de Yale, reagiu com surpresa às perguntas:

— Estátuas de ouro? Estátuas de ouro? Não! Miniaturas, figurinhas de cobre e bronze! Os únicos objetos de metal encontrados na região de Machu Picchu eram de cobre, bronze e estanho.

Todos pareciam reagir a algum ladrão subdesenvolvido à caça do ouro dos museus norte-americanos.

— Bem, os curadores do Museu poderiam permitir uma visita ao acervo de Machu Picchu. Mas agora estão todos de férias. É uma seção aberta só para especialistas. Aliás, há peças que nem são acessíveis a visitas, pois estão requisitadas para estudos, em diversos pontos do país. A coleção de Machu Picchu também está dispersa em diversos lugares, para pesquisas especializadas.

"Machu Picchu era um centro religioso? Não sabia. O que mais se encontra no acervo são alfinetes de roupa, muitos alfinetes de roupa, enfeites de orelhas, pendentes trabalhados, facas pessoais e para fins ritualísticos, pinças para pentear bigodes e barbas, espelhos, um cinto folheado de prata, efígies de animais dentro de caixas... Estátuas? Não, estatuetas! Bem, há duas no acervo. Uma figurinha híbrida de homem e animal e a outra... deixe-me lembrar... sim, era folheada de ouro, com a cabeça em forma de lua. Mas muito pequena, só uns três centímetros."

Inconsolável, Sílvia Amorim imergiu na biblioteca, onde pela enésima vez folheou o livro de Hiram Bingham, na edição de 1979, que abriu à página 181: "Encontraram-se duzentos pequenos bronzes e algumas peças de prata e estanho." Num ato sadomasoquista, releu na introdução: "Nada de ouro foi descoberto, apesar das afirmações em contrário dos nossos 'amigos' de Cusco". Então, já havia, desde aquela época, um conflito generalizado entre os locais e a figura tão elogiada dos "corajosos companheiros norte-americanos de viagem", e um mútuo desdém.

Com grande desânimo, Sílvia constatou que primeiro houve o ridículo encolhimento das estátuas em estatuetas, depois em minúsculas figurinhas e por fim seu ouro se transformou em bronze, prata e estanho, vil metal, como se elas rissem, num teatro de fantoches, das lendas que circulavam na Europa sobre o Eldorado e da importância desproporcional dada ao ouro naquelas plagas.

Finale

Sílvia Amorim se sentia lograda, exatamente como Cortez ou Pizarro! Ou então Fernão Dias Pais, morto por endemias e coberto de falsas esmeraldas. Mitos de riqueza e poder engendrados pelos romanos e alimentados pelas Cruzadas, que vieram estourar na América de um fantasioso Eldorado. Mitos europeus que agora os silvícolas devolviam, exagerando os roubos do passado, inflando a imaginação dos turistas, eles mesmos devolvendo o sonho de um inesgotável Eldorado para os museus e as universidades estrangeiras, elas sim, nadando em ouro e preciosidades, enquanto na América Latina se chafurdava na lama — fome — dívida externa — interna — ignorância — dificuldades atávicas.

No livro de Hiram Bingham, uma faca cavalgada por um inca louco, segurando o rabo de uma serpente, era considerado o mais original de todos os ornamentos existentes "nos museus de antiguidades peruanas de Munique, Berlim, Paris, Londres, Nova York, Cambridge e Washington".

Sim, um inca louco e risonho, de olhos redondos e saltados, cavalgando uma faca de cozinha tornada sacrificial pela magia, era o objeto mais raro que Bingham selecionara das suas três expedições ao interior dos Andes: um sorriso que se transforma numa grande gargalhada diante de todas as exposições ambulantes e acervos de museu e um fosso intransponível entre as verdades de um povo e o culto distante que a ciência quer imprimir ao mundo dos antigos. Essa foi a viva realidade dos mitos e lendas que os indígenas inventaram, como um grito de vida para de alguma forma se manterem vivos e sobreviverem como povo nas terras esquecidas de Machu Picchu, encravadas no vale do Urubamba.

EM CÁDIS OU PARIS

Conheci Rogério num bar em Cádis. Poderia ter sido em Três Rios ou em Paris. Mas eu estava em Cádis, cidade repleta de sonhos, insinuações e mistérios — bem ali, onde os brasileiros se encontram no exílio.

Caminhando pelas ruas de enredados labirintos, eu pensava: o amor depois dos trinta, quando engata não finda, se enreda, se entretece, se entremeia, num bordadinho pernambucano Renascença — e borda, avança, recomeça, soma, seduz, a linha passando rápida na teia molenga de uma lenta aranha de fio interminável. Onde nos levará o destino, essas parcas, a Lisboa ou a Paris? Jamais termina um caso de amor, mesmo depois que já terminou.

O fundamental é não perder a cadência, é passar com os anos a entender o ritmo da narrativa. Se não se o entende, tanto faz. É o movimento amoroso que importa, que arrasta. E Rogério, por exemplo, é dessas pessoas que se deslocam em círculos, num torvelinho.

Na verdade, não sei se esta história se passa em Cádis, em Paris ou em Três Rios. As cidades hoje são tão parecidas! E tanto faz que Rogério se chame mesmo assim. O importante é que viveu durante um ano como guerrilheiro, parece que com o codinome de Juan, lutando ao lado de Guevara, desde a chegada ao rio Ñancahuazú, na Bolívia, em fins de 1966. Foi soldado no ELN, Exército de Libertação Nacional, praticamente até o assassinato do líder, em 9 de outubro de 1967, quando, após o combate da curva da Quebrada do Yuro, este foi capturado na aldeia de La Higuera, no departamento de Santa Cruz. Dois meses antes, Juan fora chamado de volta a Cuba para reatar contatos da guerrilha urbana. O período que passou nas matas da Bolívia lhe mostrou que era um grupo de guerrilheiros desorganizado, faminto e francamente despreparado, quase sem contato com o mundo exterior, fosse na infraestrutura, fosse na ideologia.

Sem ter à sua disposição nem mesmo um guia fixo, o ELN seguia mapas errados e não conseguia despertar a menor adesão entre o campesinato boliviano. Realmente, passou a considerar aquele tipo de combate corpo a corpo com as forças caducas do exército local francamente ultrapassado, uma iniciativa arriscada, quase suicida. Seria sempre assim a guerrilha? Um lance de idealismo em que se deveria pagar com a própria vida, sem nunca perguntar ao chefe: "Aonde vamos?"

Quando soube da morte de Che Guevara, não ficou alegre nem triste. Viu o fato como um momento político a ser pesado em suas causas e consequências. Na guerrilha perdera um olho — o que não importava, pois também era parte do processo. Trocara alguns dentes por pontes, canais e subterfúgios odontológicos; deixara um dedo num combate no Rio Grande. Mas tudo isso foi avaliado com uma objetividade lúcida; ao menos haviam-lhe deixado os colhões.

Era assim que Rogério encarava a vida naquele período de estratégias e táticas políticas de lutas: controle e sangue frio, regras aprendidas na sobrevivência na selva. Nunca se questionar sobre as ordens recebidas, por mais inexequíveis ou absurdas que fossem; não se indagar sobre assuntos existenciais, questões metafísicas ou estados de espírito que o afastassem da ação imediata que o comando ordena.

Afeiçoara-se à figura do líder como um soldado ao capitão. Nunca falavam de família, de pessoas, de nada que os aproximasse perigosamente de uma perspectiva pessoal da vida. Estavam sempre em preparo, treinando para uma ação generalizada na América Latina, que se misturava difusamente à esperança de uma queda do governo boliviano. A verdade é que a ruptura com os partidos comunistas oficiais da América Latina os deixara terrivelmente isolados na selva. Com exceção da ajuda em dólares, o apoio de Fidel e a participação fracassada de Régis Debray, que deu uma dimensão mundial à guerrilha, que realmente antes lhe faltava, pouco progrediram naqueles exatos onze meses. Acabaram se agarrando à ideia genérica de que lutavam por um governo revolucionário de esquerda, que asseguraria a libertação dos povos da América Latina e o fim do capitalismo, por meio de uma reforma de base no ensino e nas instituições sociais, promoveria a reforma agrária e urbana, o estímulo à saúde pública e poria fim ao domínio da Igreja sobre os pobres.

Ao voltar para Cuba, esses elevados objetivos se tornaram um tanto ou quanto difusos. A perder de vista, monótonos campos de canaviais, cruzados por homens com facões, de um lado para outro. A escola em Cuba era uma merda. Os puteiros fervilhavam de homens que praticavam ideais nada revolucionários, auxiliados por grandes massas de turistas. Não havia empregadas domésticas, mas as mulheres se prostituíam ou exerciam funções aviltantes, lavando latrinas, varrendo o chão, espanando mesas de altos funcionários — homens que mamavam em seus charutos.

As mansões haviam sido transformadas em Casas de Cultura, não havia pobreza no sentido de mendicância, que é proibida, assim como o homossexualismo, aliás, mas também não se via nenhuma solução extraordinária. Os hospitais eram sofríveis. E as famílias mantinham o hábito de criar galinhas nos tetos das casas, secretamente, como criminosa propriedade privada — enquanto os jovens se agitavam num contínuo contrabando de calças *jeans* e discos importados, sem esquecer as meias de *nylon*, muito cobiçadas pelas putas. Os homossexuais eram perseguidos, mas abundavam.

Depois de sua mudança para Paris (ou dissera Cádis?), seu novo líder era Jorge Semprún — e já se permitia pensar no próprio corpo. Ouvia música norte-americana, tinha um carro e uma televisão. Não fazia mais parte de nenhuma organização, nem lastimava o fato. Vivia o dia a dia, buscando encontrar algum tipo de objetivo para sua existência. Acreditava num conceito de socialismo bastante dilatado, cheio de ideias permissivas sobre ecologia, homossexualismo, haxixe e LSD. Pensava todo dia na acomodação do modo de produção asiático ao modo de vida burguês, andava pelas ruas passando em revista suas antigas ideias revolucionárias e voltava para casa sem ter conseguido chegar a nenhuma conclusão. Vivia sempre de alguma bolsa de estudos em Sociologia, financiada por alguma organização internacional de auxílio a exilados políticos. A bolsa atual era alemã — já que a França tinha firmado um convênio com o Brasil no sentido de não ajudar nenhum cidadão brasileiro com o mais leve passado político — e a condição era permanecer na Alemanha; mas ele vivia viajando para Paris.

Foi numa dessas idas e vindas que nos conhecemos, em Cádis ou Paris, pouco importa. E logo criamos o hábito de marcar encontro em *nosso* bar de Saint-Germain-des-Prés. Só quando terminasse a bolsa de estudos ele pensaria no assunto de trabalho e dinheiro. Provavelmente arranjaria alguma outra bolsa. Enquanto isso, podia escrever artigos políticos, sob pseudônimo, para sobreviver.

Estava casado com uma jovem dinâmica e engenhosa, que sustentava as finanças e os debates políticos do casal com seu espírito habitualmente combativo. Mas suas relações eram bem sofríveis. Passavam por constantes crises de falta de tesão — e, como ninguém podia sonhar em fazer psicanálise no exílio, a solução eram frequentes separações, com constantes idas e vindas a Paris — ou a Cádis.

E foi aí que eu entrei na história. Como vilão ou polo mais fraco. Meu nome é José e dou o rabo desde os dez anos. No colégio de padres onde estudei, em Minas, isso era comum. Trocava o cu por bolas de gude. Eu me destacava por grande sensibilidade e sempre fui bem-sucedido com homens e mulheres. Inteligente, dinâmico, tinha cabelo castanho encaracolado e olhos de anjo, azul-neném. Eu era o encanto das meninas e das mães do bairro. Já em criança fazia poemas de ocasião — para batizados, procissões, festas. Meu poeta preferido era Carlos Drummond de Andrade. O que eu gostava nele era uma ponta de dúvida e reticência, que despertava a curiosidade, o que também podia ser sinônimo da sacanagem, que sempre existe no fundo das pessoas, por mais puritanas que pareçam. Pais, colegas, vizinhos, professores me amavam igualmente. Para a época, eu tinha um trânsito bem livre naquela sociedade tão preconceituosa, onde a mexeriquice andava a alta velocidade.

Também, logo que pude, aos dezoito anos, me piquei de Minas, em companhia de uma puta de vinte e cinco, muito trabalhadeira.

Fomos parar no Rio, onde me formei em todas as artes da vida, tive muitas cáries e fiquei com pele ruim, mas consegui terminar o Supletivo. Tudo seria muito mais fácil, é claro, se eu não tivesse me metido em política. Me engajei no movimento estudantil e tive de entrar para a clandestinidade. Quem sabe, se não fosse isso, talvez até pudesse ter me casado e ter tido filhos, que era um dos meus grandes sonhos mineiros. Mas não me lastimo. Tudo foi como tinha de ser mesmo. Só lastimo que o golpe de Estado veio arrebentar com os meus sonhos de adolescência de viver num Brasil um pouco melhor. Isso me deixou com um sentimento tão amargo de mediocridade e desilusão que senti de repente tudo secar em mim. Já não escrevi mais tanto para os jornais, nem produzi peças de teatro com frequência (só uma fez sucesso, logo antes de 1964). Até 1968 ainda escrevi alguma poesia, mas depois do AI-5 raramente a publiquei, e nem tinha muito onde. Do passado só me ficou um certo amargo senso de humor, aprendido com C.D.A. Entreguei-me a uma visão cínica do mundo em geral e da humanidade em particular; e me dediquei apenas, eventualmente, ao fumo e à cocaína.

Um medo indeterminado de me matar aos poucos me fez deixar as drogas mais pesadas, e as substituí por uma forma negativa de existência, cheia de fantasias exorbitantes que me enchiam os dias monótonos e triviais. Virei publicitário, o que era o mesmo que dar o rabo lá na minha cidadezinha. Preparava as laudas de propaganda capitalista: compre sempre, sempre compre. E me sentia um fodido, um traidor de merda de meus melhores ideais. Eu me imaginava na prisão, meu corpo varado de ponta a ponta por uma haste de ferro, dependurado no pau de arara. E confesso que a imagem me dava um certo prazer. Eu não dava para política. Eu não dava para prisão. Eu não dava para nada, porque não tinha colhões. Via constantemente a imagem de padre Inácio na escola, se virando para mim e com doce voz me repreendendo, me aconselhando interminavelmente. Que saco! Via diante de mim o rosto de minha mãe, pobre lavadeira, a indigência da mesa, o ar definhado de meu pai, sempre faminto e calado. Eu sentia culpa por não ajudar com algum trabalho, e nem tinha o que contar da minha vida. Nunca mais os procurei.

— Oi.

— Oi. Como foi a viagem?

— Ótima, como sempre. Cheguei no trem das onze e dormi naquele hotel.

— E a Raquel, como ficou?

— Bem, como sempre. Com o Oswaldo, em Berlim. Parece que fazem um passeio qualquer este fim de semana.

— Sabe, eu tive um sonho horrível esta noite.

— Ah, não! Piedade! Um daqueles teus sonhos horríveis de novo! Mal cheguei. Respeite os meus cabelos brancos.

— Escute. Só mais um. Prometo. Só este.

— Não. Garçom, um *Cointreau,* por favor.

— Por favor... (Eu lhe fazia coceguinhas na orelha com um palito, sem que o garçom nos visse, só por respeito aos modos da casa, porque ele já sabia de tudo e até passava recados entre nós). — Só mais essezinho.

— Tá bom, mas só mais esse, hem? Você viu a matéria do *Canard Enchainé* sobre...

— Depois você me conta. Agora eu tenho de lhe falar desse sonho, antes que eu esqueça!

— Saco! Tá bem, conte, anda.

— Eu era Maria Callas.

— Ai, só faltava essa agora, Zé!

— Queria ser bela e esbelta e dominar a arte, eternamente, exatinho como ela. E a minha vida era, sem tirar nem pôr, como a dela: os mesmos cabelos, os mesmos olhos, a mesma maneira de me vestir e de cantar. Eu era La Callas, brilhando quando pisava no palco.

— Escute, não dá para resumir um pouco?

— Mas aí perde a graça... Meu vestido e minhas joias brilhavam na noite iluminada do palco do Scala, de Milão. Eu era esplendorosa. A plateia vibrava com meus trinados, e eu estava sempre bela e esbelta. Era comida pelos perus mais lindos da cidade. Entravam em mim de todo jeito, em todas as posições.

— Síndrome de identificação completa, hein? Garçom! Por favor, outro *Cointreau*!

— Fui uma vez a um jantar próximo a Sorrento onde serviram no coquetel dez tipos diferentes de acepipes. Comi de todos. E todos me olhavam, espantados. Queriam saber o segredo da minha elegância, comendo tanto. Meus seios arfavam de prazer e eu devorava um após outro os bolinhos de mariscos e uma torradinha com azeite escorrendo pelos dedos, até o braço.

— Puxa, quantos detalhes! Você sonhou isso mesmo ou está inventando agora?

— Um agente artístico que me fazia a corte na época (exatamente como a Sra. Bloom, no *Ulisses,* de Joyce), esticou uma língua imensa, vermelha, dura como uma pica e veio lambendo o azeite todinho, do cotovelo até a torrada. Acabou mordendo a torrada inteira e junto com ela mordeu meu dedo indicador — fiquei sem um pedaço.

— Agora tem a ver com castração, aquela baba toda, já sei aonde você quer chegar.

— Já chego lá. Toda coberta de sangue, que escorria, senti-me desfalecer. Fui levada para uma cama ao fundo do restaurante, onde me deitaram sobre lindos lençóis de cetim branco. Senti toda aquela maciez de encontro ao meu corpo, e senti vontade de sussurrar finalmente ao meu agente-amante o meu grande segredo: "Vocês notaram que eu como de tudo e não engordo nunca, nunca, nunca? E todos me acham tão linda e elegante e suave?" — E eu olhava com meus olhos brilhantes e insinuantes, nos estertores da morte, porque na verdade eu escondia de forma magnífica a minha loucura, que aumentava e cada vez se aproximava mais do delírio e da morte. Mesmo assim, eu sempre arrebatava as plateias, levando-as ao delírio, junto comigo.

— Eu estou achando que você não sonhou isso porra nenhuma.

— Aí eu disse, com um fio de voz, bem pertinho do ouvido do meu amante. "Você não acha que eu como demais e nunca engordo? Hein, não acha? E por que será? Pois bem, eis aqui o meu segredo, que cultivo há muito tempo." Só que eu fui enlouquecendo, cada vez mais, e ao mesmo tempo me olhava deitada na cama e via o buraco escuro e imenso do meu próprio ouvido, um buraco grande como um túnel, e fui entrando por ele, com meu olhar, no meu próprio buraco do ouvido... Aí ela começou a sair, sibilante e sinuosa como a serpente do Paraíso... Ela, a Tênia Gigante, abandonando aquele corpo que devorara até a morte!

— Sua bicha porca... Cale a boca! Que nojo!

— Você derrubou o seu *Cointreau*.

— Claro! Merda! Fiz essa viagem de quilômetros para chegar aqui e ter de ouvir essas porcarias! Você precisa estudar mais política, economia, sociologia, e largar essas nojeiras de psicanálise.

— Pois eu agora vou lhe contar a verdade. Essa é a história real de Maria Callas. Eu apenas sonhei que era ela. A tênia engordava dentro dela, enquanto ela continuava magra. A tênia comia tudo por ela, ajudando-a a digerir o excesso... A tênia se alojou no seu cérebro, até ela enlouquecer e morrer. A arte se torna antiarte.

— É o produto das tuas culpas cristãs de menino de colégio de padre. Isso só se cura com paulada.

— Então me dá um pau.

— Dá um tempo, tá? Um tempo. Eu tenho horror a esculhambação. Um a zero. Agora para um pouco e me deixa respirar. Argh! Que nojo! Garçom, outro! Cala a boca, não diz mais nada, seu desgraçado. Vou acabar de ler esse jornal.

— Por que você vai ler?

— Pare com esse palitinho na minha orelha. Eu não lhe conto mais nada do *Canard Enchainé.*

— Por quê, por quê?

— Porque você não merece. Merda! Como é que depois da guerrilha eu vim parar aqui?

CASANOVA

Na segunda-feira ela me fez bater pernas por todo o Saara. Poderia até parecer um ato normal cortar o Saara de ponta a ponta, se eu estivesse realmente apaixonado e se aquela segunda-feira não fosse o dia mais quente daquele verão. No entanto, eu me arrastei pelas ruas e vielas, como um mouro condenado pela Inquisição ou um árabe desgarrado de sua maldita caravana. Bebi diversos copinhos de água, vendidos a preços escorchantes quando sobe a temperatura. Eu me sentia ainda mais ridículo, um homem de um metro e noventa, simpático, saudável e boa pinta como eu, submeter-me a tal sofrimento pelas ruas mais imundas da cidade. Justamente pelo motivo pífio que me levava a mergulhar naquele *bas-fond* comercial do Rio: procurar cetim em pleno verão. Cetim para decoração! Definitivamente, coisa de viado.

Heleninha agora cismara com cetim na parede. Mandou emassar todas as paredes do apartamento, fez com que fossem lixadas, pintadas, e, quando eu já dava tudo por terminado, inventou que ia recobrir a trabalheira toda de cetim. Algo totalmente impensável. Agora preciso encontrar as cores pastéis que ela e o decorador sadicamente inventaram, que têm de combinar com os rodapés em *ton sur ton*. Só para me torturar. Considerando-se o calor do alto verão e que não sou masoquista, é um exercício muito mais sádico que o chicotinho de couro da Vênus francesa, dando chibatadinhas no lombo de Sacher-Masoch, a pedido. Tenho coisas mais interessantes a fazer. E por que não as faço? Culpe-se a crise econômico-social. Vou tentar mais esta loja. Maldição. Quem gosta de luxo (principalmente um luxo *kitsch*, *et pour cause*), não deveria economizar. Bem que o pessoal da loja podia levar as amostras de tecidos em casa.

Não tive sorte. Mais um quarteirão. Os camelôs gritam demais.

Isso é apenas o começo. O piano vai ser reenvernizado — um terrível verniz brilhante, vai ficar horroroso. E será colocado no meio da sala, criando um tal "corredor invisível" que eles inventaram para os empregados passarem atrás dele, servindo o jantar sem serem vistos. Espécie de parede virtual. Um monte de frescura. Atrás do piano, então, nem se fala. Um arranjo em madeira de lei, sei lá em que antiquário arranjou esse estropício, com flores multicores esculpidas. Como se não bastasse, dentro haverá vasos de plantas verdadeiras — que evidentemente terão de ser retiradas dali quatro vezes por semana para arejar, regar, replantar, etc., etc., etc. Sugeri plantas carnívoras, mas, como sempre, ela rejeitou a ideia como piada de mau gosto. Deus dá grana a quem não sabe usar.

Espero que não me mande procurar tinta dourada para pintar as patas de leão dos consoles de tampo de mármore. Tem trauma de infância, devido a uma vez em que um desses consoles caiu, quebrando um samovar russo de prata, autêntico, que fora de um antepassado, etc., etc., etc.

Em seguida haverá a busca dos tapetes persas antigos — a maioria comprada de famílias falidas, ou em Miami, quando o tom ou o padrão o exigir. Aí, sim, vou me dar bem. Vou escolher meia dúzia deles e aproveitar para dar um pulinho em Las Vegas, que o papai aqui é de ferro. Ha, ha, ha! Estão me olhando, acho que dei para falar sozinho na rua. Vou acabar ficando gagá antes do tempo, com essa profissão de gigolô de madame.

Esqueci-me de contar como tudo começou. Com um maldito quadro que ela viu num museu de Londres, de um tal pré-rafaelita, odeio esse camarada: Dante Gabriel Rossetti. Mas ela se amarrou no tal pintor. Resolveu comprar tudo igualzinho a um quadro dele para decorar o malfadado apartamento da Glória em estilo *Art Nouveau*. A decoração no quadro deixa qualquer um sem ar, mas até que deve ser uma sala aconchegante no clima inglês. Tapetes fofos, castiçais de prata, dama com roupas de veludo cheias de babados tocando no piano *fin de siècle*, o gato angorá, o vaso de flores secas, cortinados, paredes forradas de tecido. Tudo que uma pessoa precisa para viver afogada em alergias no clima tropical. E quando viu o quadro da Ofélia, de um inglês de nome impronunciável, Millais — acho —, flutuando no rio, a roupa branca, os cabelos boiando entre pedras e musgos verdes, os olhos abertos dentro d'água, sentiu-se a própria. Não que ela não seja bonita, mas tem um tipo meio "*fané*"; se fosse há dez anos...

Foi difícil arrancá-la da galeria. Ficou dias delirante e, em vez de aproveitar Londres, só pensava em voltar ao museu todos os dias. Comprou quilos de livros sobre os tais pré-rafaelitas, inclusive poemas da tal Christina Rossetti, que parece que é irmã desse Dante — é, mulher dele não seria, naquele tempo a mulher não ia escrever tanto. No máximo diários, escorrendo lágrimas. Só se fosse uma Elizabeth Browning, que teve a sorte de encontrar um marido romântico, que aceitava tudo.

Encheu meu ouvido de histórias sobre toda essa gente, a tal ponto que eu já convivia com eles como fantasmas perseguidores, e temia perder o juízo e a lembrança dos Novos Baianos. Mas tudo por Londres. Para ver o que dizem ser as obras-primas daquele chato do Blake, arrastou-me à infernal saleta na Tate Gallery umas dez vezes, uma saleta soturna, quase sem iluminação. É para a preservação das gravuras. Eu até gosto dos desenhos dele, mas tem excesso de fixação em cenas bíblicas! Acho que ficariam melhores em páginas de livros do que como desenhos avulsos. A gente acaba virando toupeira, se esforçando, no escuro, para ver o invisível. Pois por mim que fossem para o Inferno que ele vivia desenhando!

É este o mal dela. Quando cisma com uma coisa, não consegue mais tirá-la da cabeça, a não ser que a compre, sabe como é? E quando não pode comprá-la, porque o museu não deixa, inventa de comprar um apartamento na Glória e decorá-lo como na Inglaterra, com tudo aquilo que diz que "se perdeu no tempo". Eu também tenho "perdido meu tempo" com ela, seus museus, suas mudanças de ideia e suas invencionices de cores e efeitos estéticos que já estão me deixando farto.

Já cansei de falar que desista dessas francesices e compre um apartamento à beira-mar, nem que seja na praia de Copacabana. É tão *cult* quanto a Glória e bem menos cafona. Além disso, eu poderia pegar um sol, ir a uma boate. O pior é que acho que terei de aguentar isso por mais alguns meses, ainda. É incalculável o tempo que levarei para "descascar" todas as contas bancárias e passá-las para meu nome.

Hoje é o dia do pagamento dos tecidos aveludados dos sofás. Também isso estourou na minha mão. Um indivíduo, para sentar num troço desses, tem de ter fixação anal. Um calor devorador. Acho que ela não se dá conta de que me pede coisas como se eu fosse seu mucamo, seu Vulcanozinho. O decorador é Zeus, mas eu sou o capacho. De capacho a capadócio, é um esculacho. Vou ver se economizo no tal veludo — ninguém vai reparar se é importado —, levo direto para o estofador e ele logo costura a marca para dentro — sou esperto, hein? — passo essa parte da grana para o meu nome. Ai, como sofre um cidadão! Honesto, sim, porque este é um emprego como outro qualquer! Até mais puxado! E ela só fica comigo porque quer. Não a estou obrigando a nada. Algumas viagens, restaurantes, casa e comida e aqui estou eu feito um molengaço a esbarrar nas anquinhas desta gentalha horrorosa que frequenta casas de decoração. Odeio-os! E pensar que ainda falta a lixa finíssima e o verniz especial para as portas de almofadão, o retoque das sancas de estuque, sujando de gesso tudo o que já está pronto... E o que é pior, no final ter de morar na Glória, rodeado de armários de madeira dourada, móveis *décapés* e vidros *bisotés* recheados de *Gallés* e miniaturas horripilantes de *Sèvres,* tudo misturado com o modernoso da louça de bico de jaca. Odeio bico de jaca. É profundamente *kitsch.* Deveria ser proibida a importação deste monstrengo do século XIX, e principalmente a fabricação desses vidrinhos de imitação, louças e similares, cheios de cataporas. Vou me sentir uma personagem de Lovecraft entre essas paredes. Ou de Hoffmann. E tenho de me cuidar para não acabar emparedado, como o gato do conto de terror de Poe.

Ela já está reparando, a desculpa do *jiu-jitsu* não cola mais. Tenho de comparecer na cama, pelo menos umas duas vezes por semana, e, mesmo com todo o meu ódio, não consigo despistar. Bela profissão que arranjei! Não fosse a crise econômica, eu sei muito bem o que estaria fazendo agora. O que sempre fiz. Nada. Mas contratado por uma multinacional — do governo, naturalmente, com 14 salários por ano e um bom plano de aposentadoria. E nas férias, Angra. Com direito a usar os barcos do diretor da empresa, a casa dos gerentes, belos jantares pagos com o cheque da empresa, *breakfasts* regados a sucos variados e pãezinhos de forno de lenha. E Nova York? Nunca mais ela falou no assunto. E Miami? Também não. Vou me recusar a procurar tapetes em solo nacional, assim teremos de viajar. Ela passa a vida a correr as casas de amigos velhos e decadentes, médicos e advogados falidos que brilharam no tempo do pai dela, quando havia classe média alta. Depois quer que eu procure um novo pano para o estofado completamente arruinado por faxineiras incompetentes que derramam até soda cáustica para limpar mais rápido. É demais para mim. Mas tenho de aguentar, por enquanto!

Não tenho dado sorte. Semana passada peguei minha agenda eletrônica para encontrar o nome de uma gata que conheci no Carnaval passado, quando Heleninha inventou de partir para Veneza, e eu não ia perder o Carnaval no Rio, de jeito algum. Vesti-me todo, menti para os empregados que iria a um jantar que poderia acenar com um emprego, e me mandei para o encontro todo engomado, de roupa nova da Richards de Ipanema. Buzino embaixo da janela do apartamento dela. Espero aparecer a Sandra, aquela louríssima lindíssima, de bela lembrança. De repente, vejo se dirigir a meu conversível uma pessoa de quem não tinha a mais leve ideia. Baixinha, de cabelo preto cortado em cuia. Que situação! A vontade de arrancar foi demais. Nem era bonita nem nada. Donde saiu ela? Mas não vale a pena espalhar minha fama de cafajeste. Como não tinha o que falar nem perguntar, arranquei direto para um motel na Barra. Merda de agenda eletrônica, merda de mundo eletrônico. Parece que tudo está contra mim. Eu sou um ser humano! Também tenho direito a emoções!

Ontem senti que estou chegando ao limite. Aliás, já estou no limite. Não. Já passei do limite. Estou um bagaço humano. Parece que ninguém tem piedade de mim. Além de ter virado quase um chofer de madame: “Otávio, me busque às seis no cabeleireiro, queridinho, me leve às oito na Silvinha; Tavinho, me apanhe à uma na praia, mas, claro, só se você quiser..." Não, não quero porra nenhuma, só quero recuperar minha paz. Só não sei onde vou morar depois que encontrar essa paz, mas isso não é problema para agora. O problema agora é que ela enfiou na cabeça esta ideia maluca de vestir roupas *cults* e comprar um Ford Bigode de um milionário de São Paulo, maldito seja. E quem ficará atrás da ridícula direção? Eu, o capadócio.

Não, isso já será demais. Cairei no ridículo e sairei do outro lado do ralo da pia. Não, mil vezes não. Acho que fui sugado por um buraco negro em algum ponto da minha existência. Morar na Glória, perto do metrô, fantasiando que está no *seizième,* em Paris, pode ser ataque de *nouveau riche,* gastar uma fábula em librés listradas para os empregados, fingindo que vive numa casa-grande nordestina, criando *tableaux vivantes* com os figurantes, imitando quadros de Debret, também é exótico pra chuchu, mas vá lá, porque é um ridículo doméstico. Mas me expor como um bocó num Ford Bigode, dirigindo pela orla marítima poluída, em festa organizada pela Prefeitura, até o baile no Clube Monte Ararat, já é demais. Vou preparar minha escapada com todo o requinte. Amanhã janto com minha turma da Arquitetura no Saint Honoré. Ouvindo aquela gente repelente, imoral, do tempo da faculdade, que eu tanto amo, tenho certeza de que me reenergizarei e terei alguma ideia brilhante, digna de Thomas Edison!

Sem dúvida, será uma grande pândega. Aqueles velhos sátiros ainda têm muita atividade sexual. Até parece que, com o tempo, melhoraram em malandragem e malícia. E, hoje em dia, as mulheres crescem em número como cogumelo em pau podre. Uma imagem digna de meu ídolo, Giuseppe Casanova! Grande figura. Escapou da pior prisão de Veneza, e amou as melhores mulheres do século XVIII. Tudo isso com classe. Acho que não tenho a mesma. Mas isso não interessa. Ninguém ia reparar mesmo. A sociedade democrática vulgarizou a estética. Tudo hoje é tão banal e mesquinho, financista e interesseiro. Num certo sentido, até mesmo eu. E cada vez afundo mais, por força do vil metal, que a todos atordoa. O importante é eu saltar fora antes que enlouqueça.

A maldita organizou, para a próxima semana, a grande parada até o tal baile *cult* "Parece que foi anteontem", no Monte Ararat. Todos vão se vestir a caráter dos anos 1920. O nosso Ford Bigode, o Ford Bigode dela, aliás, já todo reformado, vai abrir a fila, na largada! Estarão todas as tevês, as rádios, os jornais, das classes A, B, C, D e E e todos os fotógrafos das revistas *in* e *out,* todos os *paparazzi* dos ricos e dos artistas cafonas e os caça-níqueis dos pobres suburbanos, desses que cobram as fotos adiantado e somem com elas, reedição canalha dos lambe-lambes de praça. Vai ser aquele vexame o tal desfile da década de 1920!

Mas eu também tive a minha ideiazinha brilhante. Foi outro dia, ouvindo o *Yellow Submarine.* Me lembrei do final do filme, quando os *Blue Meanies*, depois de dar o grande golpe, fogem para a Argentina (mas também poderia ser o Brasil). Epa, estou ficando *cult* também. Mas essa ideia inclui passagem de ida, sem volta, para Miami — desculpem a falta de originalidade — naturalmente com uma bela conta a meu dispor e um negócio de fachada por lá.

MARIA DA PENA

Em algum lugar do mundo — talvez num satélite colocado em órbita por outras civilizações — está definido não só o destino de cada pessoa, mas também o nome que receberá ao nascer. Essa enorme catalogação, que é feita em descomunais computadores, com redes de sistemas operacionais interligados em diversas galáxias, obedece a critérios de personalidade, anseios pessoais, perfil astrológico e horóscopo cotidiano de cada ser. Mas atende, igualmente, a outros critérios aleatórios. Estes ocorrem quando deuses extraterrenos, talvez outrora habitantes da Terra, quem sabe antigos gregos com muita leitura de Aristófanes, decidem rir de algum ser aqui reencarnado para ridicularizar seu traçado sobre este planeta, destinando-lhe um nome ora cômico, ora lúgubre e descritivo de todo o seu caminho de expiação pela Terra.

Foi o que aconteceu com Maria da Pena.

Maria é um nome indicativo de sofrimento; liga-se à mãe de Jesus, é associado a pessoas de baixa condição socioeconômica e, ainda por cima, em geral profundamente carolas. E Pena é castigo, punição, sofrimento, palavra que no século XVI evoluiu para código penal, punitivo e que, embora no século XX tenha se desviado um pouco de seu sentido religioso, quase prazeroso de autopunição cristã ou de prazer masoquista pela expiação judaica do passado, ainda assim, em 1889, evoluiu para pênalti, que tem má conotação, pelo menos para o time que sofre a derrota. Derivações ainda piores foram "penedia, rocha, penoso", a penúria de 1813 e, num traço terrivelmente grotesco, a partir de "pênico", algo penoso, seu possível derivado "penico", de etimologia duvidosa.

Em torno do nome de Maria da Pena vale tecer ainda algumas considerações secundárias, mas importantes. Pode parecer tratar-se de um mero *breakdown* do sistema operacional onomástico, pois ela deveria ter se chamado Maria Pia. Neste caso, pela redundância dos nomes Maria, que é pia, e Pia, que é piedosa, poderíamos pensar logo noutros homônimos, como Maria Santa, Maria-Maria, ou Santa-Santa, ou Santa Maria, pois quem diz Maria diz Santa, quem diz Santa diz Maria. Ou Maria Pia. Mas talvez esse não fosse o caso, devido a outras acepções do termo. Pia vem também de pila, desde o século XIII um prosaico vaso de pedra para líquidos, noutros termos, um lavatório, ou, em inebriante e ébria acepção de 1899, uma pia grande onde se pisam as uvas. Provocante criatura! Chamar-se de pia, para a higiene do corpo, ou para pisotear uvas como no passado, a ungir as mãos de líquido vermelho e deixá-lo escorrer sensualmente entre os dedos, ou a espremer as cascas e tingir de vermelho os artelhos! Pobre e tímida Maria da Pena, sempre sentada de encontro à parede, no trabalho, e vestida em mortiças cores pálidas ou azuis celestiais, sem querer chamar a atenção.

A vida de Maria da Pena consistia numa pena muito pesada, como numa penedia ou despenhadeiro, por ter de aguentar o peso de seu próprio nome, provocado ou produzido por deuses incautos. Os exegetas astrológicos ainda estão debatendo os problemas de causalidade na Terra, e até mesmo se existe este planeta.

Nunca se achou bonita. Mas, como pessoa, era correta, moralmente irretocável. Orgulhava-se de nunca ter se masturbado. Quantas meninas de sua época podiam afirmar o mesmo, olhando diretamente na cara de um padre ou de um psicanalista? Nunca sofrera tentações da carne. Talvez por isso trabalhasse tanto, desde jovem. Para esquecer. Trabalhar para não pensar naquilo. Seu nome talvez tenha sido selecionado, entre os deuses gregos, sem nenhum respeito por seus sofrimentos futuros, para esta longa estrada particularmente íngreme, esta vida de Sísifo, transportando pedras morro acima, vendo-as despencar morro abaixo, por toda a longa pena que precisava transpor diariamente. E, ao chegar ao alto da penedia, após um longo dia de trabalho, rolava a pesada pedra de volta, e já ia ela atrás, despenhadeiro abaixo, em mais um dia.

Enfim chegou o momento em que conseguiu comprar um humilde apartamento apertado, justamente no alto de uma penedia, nas faldas do Corcovado. Era um local um pouco alto e temerário, e mais acima havia uma favela, mas pelo menos era na Zona Sul. Seu grande sonho de menina pobre do subúrbio era poder um dia se mudar para a Zona Sul. Transeuntes malvestidos subiam e desciam a rua, ora muito cedo, ora muito tarde, indo ou voltando do trabalho. Ela também saía cedíssimo, pois era extremamente pontual. Trabalhava como secretária datilógrafa e taquígrafa numa grande loja de departamentos do centro da cidade. Não era mau o emprego, no seu gênero. Sofria por ter de almoçar sozinha, em pé, numa lanchonete, no centro da cidade. Não falava com ninguém, pois não fazia amigos com facilidade. E partia do princípio de que não podia aceitar convite para almoço (quem sabe, a Colombo, ao som de violinos?), pois evidentemente ia se tratar de uma cantada. Como poderia desviar a conversa, polida que era? Ele ia querer puxar o assunto para uma ida ao hotel no centro da cidade, bem cômodo, ali ao lado, com ar-condicionado e banheira de água tépida. Não que ela se achasse bonita, mas acontece que esses homens são todos iguais, mesmo tendo mulher em casa, é a rotina, bem, dizem, querem conquistar as outras mulheres também — por isso o melhor era não sair com eles, nem para almoçar.

Bem, claro que aparentava seus quarenta anos bem entrados e cansados da rotina de acordar cedo. Tinha uma irmã casada que quase não visitava, para não a incomodar, e sobrinhos. Sábado e domingo dedicava às compras de supermercado e à feira. Isso era sagrado. Durante todos aqueles bem entrados e cansados anos nunca deixara de fazer exatamente as mesmas coisas no fim de semana. Para onde iria? Arriscar-se em alguma cidade do interior? Hospedar-se num hotel? Nem ficaria bem. O que iam pensar dela? Oferecida? E como se divertiria, sozinha? Só de se pensar observada, bisbilhotada, inquirida, analisada por todos, de todos os lados...

É por isso que preferia comer em pé em lanchonetes do centro. Quando se sentava num restaurante, suava frio, buscava olhar fixamente a toalha barata da mesa, a ponto de os quadradinhos vermelhos ou verdes começarem a dançar diante de seus olhos, ou desenhar com as unhas padrões irritantes e intermináveis no tecido, raspando-o cada vez mais fundo, com medo de rasgar o pano, levantando o olhar de esguelha para ver se o garçom notava, ou se aparecia logo com o prato. E sabia que aquilo não era bonito, não ficava bem aquela agitação, podiam até pensar alguma coisa diferente, uma ansiedade sexual qualquer da parte dela!

Foi nessa época que começaram a acontecer estranhos fatos na vida pia de Maria da Pena. Seus passados 40 anos e suas rugas começaram a lhe pesar. Passou a achar o caminho de casa cada vez mais íngreme, e já não sentia o mesmo prazer em ter o *seu* apartamento! Talvez o considerasse longínquo do trabalho, apertado, próximo demais da rocha escaldante do Corcovado, guardando ao fim do dia o longo bafo morno rebatido pela rocha negra, espessa e dura. Se ao menos tivesse coragem de admitir essa reclamação para si mesma! Sua única distração, os filmes e noticiários de tevê, pareciam-lhe cada vez mais insossos e a faziam dormir. Sentia-se um tanto lânguida, como se estivesse grávida (imaginava) e sem vontade para nada, nada, nada! O que estaria se passando com ela? De uma hora para outra, sua vida, até então tão arrumadinha, começara a ficar cheia de preocupações e presságios. Pressentia que alguma coisa podia se passar, a qualquer momento, e sentia novos e estranhos suores.

Essa sensação estranha se acirrou quando um dia, chegando do trabalho, encontrou um bilhete colocado debaixo da sua porta, que quase a fez desmaiar, ao lê-lo. Dizia, simplesmente: "Eu podia te chupar todinha." Ficou horrorizada. Eletrizada. O que significava aquilo? Um engano? Como fora parar aquela "coisa" debaixo da sua porta? Desceu imediatamente à portaria, mas, após certificar-se com o porteiro de que ninguém subira, encerrou o assunto quando ele insistiu, muito assustado: "Mas o que há, Dona Maria da Pena, para a senhora estar assim tão alterada?".

Subiu as escadas sem esperar o elevador até o quarto andar, aquecida pela vermelhidão que tomou conta de seu rosto. O episódio muito a perturbou, por dias. Não, não poderia falar disso com ninguém da família. Só se inventasse um outro texto para o bilhete. Mas isso implicaria em mentir, coisa que nunca fizera. Seria difícil demais tocar em assunto tão delicado. Rasgou o bilhetinho infame em pedacinhos.

Contudo, poucos dias depois, ao acordar cedo, lá estava outro bilhete no chão, escrito talvez com a mesma letra: "Você já se imaginou toda molhadinha, de perna aberta, na cama?" Aquilo já era demais. Que repugnante! Como uma pessoa podia ter a mente tão doentia a ponto de imaginar uma cena tão chocante! Serviu-se do frugal cafezinho pela manhã, fazia sempre dieta, ainda por cima engordava, lentamente, mas com constância, e sua mão tremia segurando a xícara que tilintava no pires, como se ela tivesse malária. Sim, sentia-se enjoada, mal vibrada, doente por dentro. Achava difícil resistir a tão inibitória situação. A quem pedir socorro? Só de se imaginar contando o fato à irmã e ao cunhado, tremia toda. Não podia falar de coisas tão íntimas com ninguém.

Assistia a um filme de terror numa sexta-feira à noite, só até um pouquinho mais tarde do que de costume, quando percebeu nitidamente que a maçaneta da porta de entrada se mexia. A porta não abriu porque estava trancada com três voltas da chave, mas a maçaneta se mexeu! Correu o mais célere que pôde até o olho mágico, mas não havia ninguém lá. Seriam espíritos? Havia tantas histórias de casas mal-assombradas! Mal controlando a voz, pegou o interfone, e lhe deu a impressão de ter acordado o porteiro:

— Alguém subiu? O senhor viu se alguém estranho subiu?

— Não, dona, 'tou aqui desde as sete, e a única pessoa que subiu foi a senhora mesmo.

Era um prédio pequeno, de velhos moradores conhecidos, em geral casais que trabalhavam como funcionários públicos. Ela se sentiu arrasada. Tomou uma aspirina, em falta de qualquer outro remédio mais eficaz, e tentou dormir. Dormiu muito mal. Sonhou com amplas asas de vampiro que se desprendiam dos fundos buracos da rocha e invadiam seu quarto pela janela, almejando se atirar em seu pescoço.

No dia seguinte, mal pôde controlar um grito. O bilhete estava lá, no mesmo papel, idêntico aos outros; mas agora batido à máquina. Aproximou-se devagar, como se ele fosse pegar fogo, e leu: "Ontem sua camisola rosa transparente estava uma gracinha." Como "ele" podia saber a cor da sua camisola? Como era possível? Sentiu que perdia o autocontrole. Quem a estaria espionando? E como seria possível, se morava no quarto andar?

À noite, a campainha começou a tocar; não havia ninguém no corredor, e o porteiro a informou, de mau humor, que ninguém entrara no prédio, senão os casais do 202 e do 301.

Desta vez, usando de meias palavras, cortando pela metade a história dos bilhetinhos, contou o que acontecia para a única colega de trabalho com quem conversava, na lanchonete. Pegara a mania de falar olhando para trás dos próprios ombros, virando a cabeça para um lado e depois para o outro. Aquela criatura poderia estar seguindo-a! Tremia muito e se alimentava mal. Estava pálida e com olheiras. A colega foi radical:

— Pois chame a polícia! Você não me parece bem! Isso está arrebentando com os seus nervos, minha pobre Maria da Pena. Chame a polícia! Afinal, para que pagamos a polícia?

Embora com medo e sem fé na polícia, Pena chamou a patrulha, mesmo porque, ao cair da noite, a porta foi esmurrada. Ligando para os vizinhos pelo interfone, ninguém a pôde ajudar, não ouviram nada, porque o som das televisões estava muito alto. Ligou o 190 e explicou que era urgente.

A polícia chegou por volta das onze horas da noite, três horas depois de esmurrarem a porta. Ela estava muito nervosa, com medo de não conseguir acordar cedo para o trabalho. Resumiu, da maneira mais pudica e incompleta possível, os assédios que sofrera. Tremia muito, e sentia que em breve só poderia se pôr de pé à força de calmantes.

A resposta da polícia foi, como seria de se esperar, absolutamente cretina e cética.

— A senhora quer dizer, madame, que uma pessoa bate na sua porta, toca a campainha, põe bilhetes debaixo da porta, sem passar pela portaria? Então só pode ser alguém do prédio brincando com a senhora.

— E como foi que ontem a janela apareceu fechada? Eu sempre deixo a janela aberta de noite!

— E quem fechou a janela, como entrou e saiu daqui? Voando? A senhora por acaso não é sonâmbula? A senhora não deve deixar chaves da porta de entrada espalhadas pela casa! Olhe, isso é praxe, viu? Temos de perguntar; aprendemos isto num curso da polícia: a senhora tem algum parente, sabe? É chato a gente ter de falar nisto, mas algum parente interessado na sua morte, na sua fortuna, joias, ou querendo que a senhora fique louca por causa de uma herança?

— Não, infelizmente não tem herança nenhuma. Eu...

O resultado da entrevista com a polícia foi obrigá-la a contatar o cunhado e a irmã, que a fizeram mudar-se uns dias para o apartamento deles. Lá não havia muito diálogo, mas pelo menos pôde dormir melhor por uns dias. Fez um breve tratamento de sonoterapia. Na família só se falava nisso. Ainda bem que ela pudera tirar férias, para não complicar ainda mais sua situação no trabalho. A amiga contara a toda a seção o ocorrido, e as moças e rapazes a olhavam com uma ponta de receio e despeito. Puxa! Nunca imaginaram que Maria da Pena, tão discreta e feiosa, pudesse ser motivo de tantos assédios sexuais (o termo da moda).

O episódio podia prejudicá-la no trabalho, e não podia perder o emprego, de jeito algum.

Ao voltar das férias, sua única amiga no trabalho sabia que Maria da Pena não estava gostando de ficar na berlinda. Entre uma mordida e outra no sanduíche do almoço — e como ela era feia, gorda e desajeitada! — lhe contara que numa noite dessas tivera muita dificuldade em abrir a porta e entrar no apartamento. Quando finalmente conseguiu forçar a porta, uma corda amarrava a maçaneta da porta de entrada à grade da área de serviço e à porta do banheiro. Ela nem teve mais coragem de telefonar para o porteiro para saber se alguém entrara no prédio. Agora passava as noites lendo Agatha Christie e Jack London. Só queria saber de histórias de detetive e terror.

Maria da Pena resolveu fazer uma promessa à sua padroeira, Nossa Senhora da Pena. Sábado cedo partiu de ônibus para Jacarepaguá, carregando uma braçada de lírios brancos. Introduzia um elemento místico aos enredos frios do hemisfério norte que lia. Apesar do esforço causado pelas gordurinhas, começou a subir a íngreme ladeira da igreja, alçando-se, com grande dificuldade, metro a metro, pelos paralelepípedos arredondados, até a singela igreja branca de janelas azuis, simplória e despretensiosa, que tinha o mesmo nome dela. Queria pousar aqueles lírios no altar, e pedir a Nossa Senhora da Pena que terminasse com suas dores e a fizesse retornar a seu bom senso e seu cotidiano sem acontecimentos extraordinários, como eram antes. Pediu à senhora que cuidava da igrejinha que lhe abrisse a porta, fez suas promessas, como no tempo do colégio de freiras, e foi se retirando aos tropeços, ladeira abaixo, um tanto atemorizada pelo ermo do lugar e imaginando a vida daqueles padres de antigamente, vivendo no alto daquele penhasco.

No entanto, trêmula, encontrou na ladeira um carro estacionado! Sem conseguir refletir no sentido daquilo, só pensava em fugir daquele perigo iminente, mas não pôde deixar de olhar para dentro dele — e o que viu! o que viu! um rapaz e uma moça praticamente nus da cintura para baixo, ali, em plena luz do dia, a fazerem coisas nas encostas da igreja de sua padroeira! Oh! Como desejou que aquele carro se deslocasse e tombasse ladeira abaixo, para os dois serem punidos por aquele sacrilégio tremendo! Tomada de ira cristã, viu, ao longe, que um grupo de garis, do alto de um outro morro, em vez de tratarem do próprio trabalho, se deliciavam com a cena dentro do carro. Tirando os sapatos, machucando os pés, chorando diante daquele mundo de perdição, fugiu dali, fugiu de tudo. O mundo estava perdido, e ela tinha medo de se perder também!

Após noites de expectativa quase insuportáveis, em claro, imaginando ouvir ruídos na porta, bater de asas de morcegos, a queda de objetos ou outros motivos de inquietação, acordou uma noite, sobressaltada, com a sensação de estar sendo espionada. Ao acender a luz da mesa de cabeceira, viu diante de si um homem magro, alto, tendo nas mãos dois sugadores, destes usados pela companhia de gás ou de luz para fazer trabalhos em alturas. Ele estava nu como viera ao mundo, mas vestia botas de borracha amarelas, da companhia de luz. Na cabeça, um capacete não a deixava vislumbrar suas feições. Mas seu membro estava ereto, entre fios louros do púbis, o que a fez perder a voz, sufocar um grito na garganta e quase desmaiar. Depois, sem consciência do que fazia, ela deu um salto ágil da cama e se lançou à janela, aos berros, audíveis em cinco quarteirões:

— Um homem-aranha no meu quarto! Um homem-aranha no meu quarto! Ele está aqui, no quarto andar! Apartamento 402!

Até um surdo-mudo ouviria aquele chamado, que tinha a força da histeria, e o histórico atávico de milhões de mulheres prisioneiras em haréns e virgens em torres de pedra. O estranho homem-aranha nu continuava imóvel, olhando para ela, sem conseguir explicar a que viera. Em seguida a toda essa movimentação, Maria da Pena desfaleceu. Na cena seguinte ela volta a si num hospital, lembrando-se vagamente do ocorrido.

Dado o grau em que fora atingida por aquela doença do imaginário, a família preferia que fosse viver com a irmã e o cunhado, até que se pudesse vender o aprazível apartamento do Cosme Velho e comprar outro em lugar mais movimentado. Não lhe permitiriam voltar ao local. Eles esvaziariam tudo e fariam a mudança. Era bem melhor assim. A imaginação dela já fora longe demais. Sua saúde se tornava frágil. Só não conseguiram entender o que fazia aquele rolo de corda e ferros de alpinista sobre a mesinha da sala. Desistiram de tentar saber por que ela, ao ser indagada, começava a tremer da cabeça aos pés e a gaguejar.

Ela não tinha forças para explicar. Nem queriam ouvir. À custa de barbitúricos, resistiu. A família lhe comprou um apartamento no Catete, em lugar bem movimentado. No novo apartamento, ela colocou mais trancas na porta. Gradeou as janelas do oitavo andar. E adquiriu o vício de enviar cartas sem remetente, para que jamais descobrissem seu endereço. Vivia junto da televisão. E, ao sair na rua, olhava religiosamente para os lados, para frente e para trás, em caso de estar sendo seguida. Ah! Mas estava tudo legal. Tudo legal. Cada vez melhor. Resolvera voltar a estudar num curso livre de subúrbio.

A próxima vez em que se ouviu falar de Maria da Pena depois que ela pediu demissão do emprego e mudou de apartamento foi na confeitaria Colombo, na rua Gonçalves Dias. Ao som do engasgado piano desafinado, às cinco da tarde, ela apareceu vestida de cetim vermelho e coberta de joias fantasia. Usava uma peruca acaju e um chapeuzinho de veludo vermelho, com véu da mesma cor caído sobre os olhos, apesar do constante calor carioca. E saltos altos seis e meio, com um jeito assaz esquisito para aquela década, aquele clima, aquelas horas. Ela estava disfarçada — explicou —, e continuava lendo livros policiais. Estava agitadíssima, escondida atrás das lentes de um imenso par de óculos escuros. Sussurrava discretamente, na conversa com sua antiga colega de trabalho, que vestia minissaia e blusa de malha decotada, e viera esbaforida, após obter licença para sair por apenas meia hora.

— Mas você está tão elegante! Uma roupa um tanto... Você quer mesmo pagar a conta?...

Maria da Pena dispensou as palavras formais com um gesto condescendente.

— Minha querida, sabe por que a convidei para vir aqui? — perguntou baixinho, com ar intrigante, num clima de Sherlock Holmes. — Tem certeza de que não foi seguida? Reparou em alguma coisa estranha, alguma pessoa diferente, na rua? Olhe, hoje é meu aniversário. Você acha que tem alguém nos olhando? Achei que seria ótimo comemorar na Colombo. Sempre achei super *chic* esta confeitaria, por isso me vesti tão bem. Eu nunca tive coragem de entrar aqui, nem mesmo para um salgadinho em pé no balcão, apesar de toda a vontade que sentia. Ainda por cima na hora do chá, ao som do piano! Ai, que valsa linda de Ernesto Nazaré estão tocando! Lembro a vovó cantarolando essa música, enquanto varria a casa! Teve de abrir mão de sua carreira lírica porque meu avô proibiu, mesmo sendo pobre. Achava que, para a mulher, trabalhar era indecente. Mas você tem de me prometer que não vai repetir nada do que ouvir aqui a ninguém, ninguém, nada, nada, do que vou lhe contar. É muito confidencial. Muito, muito, mesmo. Mudei-me para um endereço secreto. Também precisei sair do emprego, como você sabe. Precisei. A polícia me recomendou muito isso. Foi uma coisa terrível tudo o que me aconteceu. Eu não posso me comunicar com ninguém do passado, ninguém mesmo, para não ser identificada. Até deveria mudar de cidade. Igualzinho aos filmes de detetive. Só minha irmã será o meu contato com o mundo, tipo endereço para entrega de imposto de renda, talão de cheque, essas coisas. Você sabe como sou preocupada com tudo isso. Aconteceu, sabe? — (E passou a relatar sua história, ao jeito dela).

Um dia cheguei em casa cedo, para me trocar para o trabalho, vindo da casa da minha irmã. Sabe que eu fiquei um tempo morando com ela, não? Eu tive de ficar dormindo lá porque os bilhetes não paravam. (Lembra que lhe contei, os bilhetinhos dele, cada vez mais ousados?) Eu tremia tanto! Um dia, quando abri a porta do meu apartamento, ele estava lá dentro. Eu tremo toda só em lhe contar uma coisa dessas. Ali mesmo, sentado no sofá! Vestido com botas, cantil, camisa cáqui, mangas dobradas no cotovelo, o cabelo louro suado, uns olhos azuis, arregalados, me olhando, e um rolo de corda bem grosso no braço. Sentado no sofá da sala e me olhando, me olhando, enquanto eu segurava a maçaneta da porta de casa. Um homem-aranha na minha sala! Desmaiei. Só acordei de novo no hospital. Depois tive de voltar para a casa da minha irmã. Foi então que resolvi desaparecer para sempre: daquele endereço, daquele emprego, resolvi sumir na cidade. É uma história muito triste ter tido de me desfazer do meu apartamento, você não acha?

Alguns anos depois, a amiga a avistou no metrô e se dirigiu rapidamente até ela, antes que saísse do vagão.

— Maria da Pena! — gritou.

— PSST! — fez ela, com um gesto dramático, detrás dos óculos escuros. — Meu nome agora é Maria da Glória! Da Glória! Precisei mudá-lo, sabe? Por causa daquele alpinista. Aquilo não podia continuar.

— E em que você trabalha agora?

— Virei psicanalista!

UMA OUTRA DIMENSÃO

A forma se mexeu um pouco no estranho casulo que tinha se aberto na areia macia. Um bocejo. Ou quase. Vontade de se deixar estar ali, indefinidamente, em vez de atirar-se à vida. Seria uma forma de vida? Um organismo? Um protozoário? Definitivamente, era uma forma viva — o simples fato de pensá-lo provava-o.

O estranho fascínio do não-ser. Como podia ser que fosse e não fosse ao mesmo tempo?

Que podia fazer senão aceitar esta profunda contradição: que nascesse para a vida, como uma borboleta liberta-se do casulo, e ao mesmo tempo toda a sua vontade, cada músculo (mas teria músculos?) a puxasse para a morte, senão aceitá-la como o profundo mistério, a base de toda a vida e de toda a morte?

A forma se deu uma sacudidela, espadanando um pouco de areia para os lados. Agora que se abrira um pouco mais de espaço, sentia-se compelida a provar mais espaço ainda — quem sabe arriscar-se a se mover. Experimentar a tepidez daquela imensidão de areia. Estranha sensação de já ter vivido tudo aquilo, numa outra existência, numa outra forma.

Desprendendo-se com mais força daquela matéria fracionada que agora já não estava de modo algum agradável, libertou uma estranha pata, que olhou atentamente com seus dois olhos saltados e facetados, à moda das abelhas. De algum modo sentiu uma estranheza interior, mas não soube localizar onde nem o motivo — como se não estivesse precisamente dentro da estrutura de si mesma.

A forma agora arrancava a última das suas seis patas da areia, e já se olhava com algum orgulho. Era mais alta do que supunha, mais robusta e resistente, e sentia-se menos atemorizada diante da perspectiva de ser viva.

Caminhava — e maravilhava-se com a possibilidade de caminhar. Sentir uma perna atrás da outra tocar a areia, afundar-se na sua maciez, e cinco patas adiante voltar a soltar-se, para de novo ser engolida pela superfície macia. Que gesto maravilhoso da criação era viver! Sentia-se plena de vida e de força, ligeiramente ébria de sensação.

Erguendo um pouco a cabeça, e inclinando-a, ouviu estranhos rufares vindos do horizonte. O mundo regurgitava como a barriga de um dragão faminto. Pesadas nuvens violáceas, depositadas na linha do horizonte amarelado, mostravam que se aproximava o meio-dia. Um sol esverdeado surgia em toda a sua dimensão, ameaçando esconder-se, apenas em parte, atrás de algumas nuvens. Tudo lhe recordava alguma solta e vaga lembrança.

Como o mundo, também seu íntimo roncava de fome — pequena miniatura de dragão. E a forma se sentia um dragão capaz de adaptar-se a qualquer ambiente, viver autossuficiente na terra, no ar ou na água, até mesmo num perpétuo lamaçal. Algumas palavras teimavam em lhe surgir na cabeça; "E serás como o dragão dos orientais, capaz de dominar os três reinos, o marinho, o aéreo e o terráqueo, mas para tal faz-se necessário encontrares o Grande Homem da Conduta Correta. Se com ele te encontrares, todo o poder e a glória serão teus."

Enquanto tomava contato com esses sons, sentia a fome dentro de si recrudescer. E, junto com ela, misturava-se um estranho apetite indefinível, de alguma coisa a mais; talvez a fome de outro ser, o Grande Ser, ao qual se reuniria no Encontro Total. Mas seus olhos multifacetados não conseguiam avistar, nem mesmo a muitos quilômetros de distância, ser ou coisa alguma, viva ou morta.

Contudo, no momento, precisava caçar o que comer.

⁂

Ele pegou o peixe e rasgou uma fina fatia com a faca. A ferida não sangrou — feito da outra vez — mas ficou intata, plástica, exata. Um pedaço de espinha aparecia por detrás da carne fresca, uma espinha dorsal extremamente branca, que logo começou a avermelhar-se (mas o sangue não porejava).

Como na avenida, todos os faróis iluminando o palco do asfalto, aquele homem se levantou, os olhos esbugalhados, caminhou alguns passos, sem cambalear; na perna o osso exposto, extremamente branco; depois o sangue escorreu, como de uma espinha de peixe.

Ele olhava seu gesto meticuloso, a precisão da faca (não fora ele o culpado, se o carro corria, e a avenida tinha pouca iluminação), e lembrou-se da sala de jantar, toda a família reunida, no dia de Natal: o calor senegalês, as meninas de organdi já colante de goma derretida, as rendas incômodas pregadas ao corpo, em gomos — e, bem no centro do prato, com um olho continuamente atento, o peixe, e a espinha parcialmente exposta.

Pensou então no trabalho que daria para mandar fazer a chave; tinha na mente apenas as palavras do cartaz. Chaves em cinco minutos (como em cinco minutos se quebra uma promessa ou um ovo no liquidificador).

A barba dele era espessa e estava por fazer. Devia ficar a acariciá-la, de volta para casa, no trem de subúrbio, quando conseguia lugar sentado, pensando em raspá-la, mas isso poderia ficar para o dia seguinte, ou para a outra semana. Suas mãos grossas seguravam a chave como um torniquete. E um ruído metódico e constante partiu da serra elétrica, comendo e carcomendo a carne fria da chave, que se deixava desbastar rapidamente. Aos poucos o formato foi aparecendo — ele nunca imaginaria que uma chave se fazia assim, a partir da matriz já pronta, e de um movimento constante e firme, até a estrutura final. Um instante e estava pronta: restava a dúvida se seria igual ao modelo que tinha trazido, que, por sua vez, já era uma cópia do modelo original, que, provavelmente, já era cópia do modelo da fábrica.

Pagou, pegou os óculos e saiu.

Mas saiu já se desculpando. Já horrorizado. Já sem querer ser nem existir, pois não fora por querer. Um ato intencional? Teria de ser amputada, a perna? Com o osso exposto? Perna mecânica?

⁂

Afastou os olhos dos nós lenhosos. Focalizou o mar todo crespo. Voltou a olhar a vara de pesca. Nem um peixe fisgava. A água estava fria. Anoitecia. Procurou com os olhos a faca. Era importante encontrá-la. Com que objetivo? Era um objeto, não mais que uma faca, mas de alguma forma imprescindível. Que diferença faria haver uma faca a mais ou a menos, agora? E se várias facas já tivessem desaparecido da mesma maneira, numa pescaria? Não seria uma engraçada coincidência? Mas que graça tinha?

Agarrou a faca e atirou-a longe.

⁂

Como dois leões enjaulados. Na mesa, a espinha com algumas pelancas ainda grudadas — e os olhos, aqueles pedintes olhos de peixe, estavam cinzentos e opacos.

Ela o olhava com seus grandes olhos cinzentos:

— E agora?

— Agora o quê?

— O que vamos fazer? Acabou a comida.

— Ora, eu sei lá, não foi culpa minha se as coisas chegaram a este ponto, não fui eu que fiz esta merda, e não tenho solução alguma a dar.

— Calma, calma!

Ela se sentou no sofá, deixou pender a cabeça, os olhos ainda esbugalhados — mas agora ele não os via.

— Vamos recapitular tudo, desde o começo? — continuou ela — Como começou? Como começou?

— Me deixe em paz! Eu não quero saber de começo algum! Você não pode pelo menos me deixar viver em paz?

Ela teve um riso histérico.

— Viver? Viver o quê? Você chama isso de vida? Quantos dias mais? Você prefere continuar se enganando?

— Porra! Eu não estou me enganando! — (E largou o prato com a espinha de peixe sobre a mesa). — Eu quero apenas viver agora, sem ficar indagando o que vai acontecer daqui a alguns dias. Só isso.

— Mas para quê? Que diferença faz alguns dias a mais ou a menos?

— Cristo! Como é simples! Eu quero viver, respirar!

— Certo! Viver! Respirar! Pois respire o ar puro das montanhas! Nós devíamos estar nas montanhas, não é mesmo? Como se você não visse o que está acontecendo à sua volta!

⁂

Sentado no barco encalhado, mais parecia um deus teutão — nada búdico, só gótico (e ele nem o sabia). Segurava um copo transbordante de uma infusão que ele mesmo preparara, uma receita aprendida com uma babá das Antilhas que o educara até a adolescência. Essa receita, ele não a revelava a ninguém. Mas tinha, segundo todos que a experimentavam, um miraculoso poder sobre o humor e os sentidos. Agora, uma sensação de estar ainda mais acima que a neblina. Lembrava-se de quantas vezes ficara a ver os pescadores puxando a rede, lá do alto do morro: vinha carregada de peixes — os xaréus, botos, meros, aqueles peixões todos, arquejantes de vida ou de morte. Como um milagre, aderiam à rede em grande quantidade, no corrico ou arrastão, no curral ou na rede.

(A solidão: aquela estranha, cortante sensação de pessoas batendo à porta — pensava ela, observando-o sentado meditativo no barco, sem se mexer. Socorro, ajuda. A campainha tocando.

Alguém, alguém. Agora, a solidão. Uma campainha constante. Isso era uma existência inteira dorida. Falar consigo mesma. Sempre).

A solidão. Disso ele gostava, desde menino. Não era sonhador, mas amava a paz do silêncio. E da meditação, que nada perturbava. Nenhuma voz humana, nem paixão forte, só o deixar-se estar. Como na fábrica. Apenas o ruído seguro dos computadores trabalhando.

Lembrava-se de umas férias que passara na Bahia, logo depois de se formar em Engenharia Quântica. Uma rede balançando entre dois coqueiros, o sol se pondo, uma cena de cartão postal. Só que de verdade. Os baianos, com aquele jeitão gostoso de falar doce, contando casos que puxam outros casos, que lembram parentes, que viviam em cidades, bairros, ruas, casas... — Como tudo parecia distante agora. Estava mesmo terminado, irreversível. Na época, ninguém parecia dar-se conta disso. As pessoas pareciam pensar que tudo aquilo lhes pertenceria para sempre. À tardinha, a rede fazia quem-quem, e um carreiro de formigas roxas subia pelo vidro de licor de jenipapo. No céu irrompiam nuvens rosadas, e o fazendeiro fazia questão de mostrar, orgulhoso, os cômodos do casarão, oferecendo, num cálice de vidro grosso, o licor de jenipapo. A rede fazia quem-quem, e por detrás da cerquinha de bambu o mar batia, alegre, límpido, azul, desobrigado.

A vara continuava na água, e nada mordia a isca. Nem siri. Nem a onda balançava a linha. Já no escuro, o mar estava como uma piscina, calma e linda.

Ele teve um gesto de irritação.

— Esta água está gelada, a água aqui está sempre gelada demais. Não dá peixe.

Ela o olhou arregaladamente.

Mas ele não desviou seus olhos da linha.

Ela continuava com o olhar intenso, desmesurado, crítico. (Isso sempre o irritava, seu olhar constantemente direto e racional — nunca oblíquo ou intuitivo. Era mulher de razões e justificativas. Como isso o irritava — ou estaria irritado apenas com a isca, ainda intata?).

No escuro, ela não conseguia ver seus olhos, mas ele devia estar sentindo o seu olhar. Ela se perguntava, mas como é possível? Até que ponto ele tentará se enganar? Até que ponto nós suportaremos tudo isso? Quando ele acendeu um cigarro (seu último maço, provavelmente), ela teve um movimento de exasperação e não suportou mais ficar em silêncio:

— Pare com isso!

— Eu fumo quanto quiser.

— Não é isso — e irrompeu em lágrimas.

Depois continuou:

— Quando é que você vai perceber que é ridículo ficar aí olhando esta água?

— O que tem a água?

— Pare com isso!

— Pare com quê?

— De se enganar, eu já disse! Já disse, já disse!

— A água está fria. Só isso. Logo eles vêm. Eu nunca fui pescador de atirar linha na água e ela voltar vazia. Espere e verá.

— É mentira, é mentira, e você sabe muito bem disso. Nós vamos morrer, aos poucos. E você prefere se esconder na fantasia. Você é um mentiroso. Mentiroso. Mente até para você mesmo.

Como um caramujo, um caracol, uma concha; sua vontade era se afundar na areia quente. Uma toupeira, uma formiga, um tatuí: abrigar-se na areia branca. Um rinoceronte, um jegue, um cachorro: revolver-se no dejeto cru.

*
**

Ele distinguia perfeitamente a cor da areia, vermelha com o sangue dos peixes que vinham morrer à beira da praia, buscando escapar às águas. Via muito bem o céu amarelo, onde clarões e redemoinhos apareciam súbito, provocando correntes de ar devastadoras; via as árvores desgrenhadas, ao longe, os galhos traindo ansiedade diante dos montes de folhas no chão.

E via o mar, que ele sempre amara, seu lindo mar verde-azul, agora tingido de estranhas cores e riscado de rastros vermelhos de sangue, que irrompiam do fundo, como hemorragias.

Viu uma gaivota riscar o céu, baixar o voo para beliscar alguma coisa na água, e de repente ser tomada de um ataque súbito, adernar, as asas se abrirem mais — e, como um avião em aterrisagem forçada, despencar verticalmente, de peito exposto, na areia, como um fardo inútil.

Ele teve um movimento instintivo para ir em auxílio da ave, mas não chegou a se mover. Totalmente inútil. Inútil paisagem. Olhou com o canto do olho a mulher ao lado, para ver se tinha percebido seu gesto. Mas, como sempre, ela estava imersa em seus pensamentos, no seu mundo fantástico e egoísta. No entanto, sentia que a amava — ou precisava dela naqueles últimos momentos. Imaginou-se a despi-la lentamente, segurando-a para que não caísse de vez, como a gaivota, e amando-a ali mesmo, na beira da areia, em frente à porta da casa, até o último momento, quando terminasse tudo.

Foi terrível. Pior do que tudo até então — todos os dias de angústia, à espera do irremediável, a lenta morte. As unhas dela se fincaram em sua camiseta, quase lhe arranhando o peito. Como de uma caverna, uma grota, um útero, buscando saída e libertação, chegou até ele — o último e o primeiro vagido de vida — uma voz amarga, gutural, profunda. Não ousou olhar o rosto dela, para saber como estava, pois certamente estaria terrivelmente tenso e riscado pelo cansaço e a loucura — como não olharia para a mãe primeira da espécie, geradora de vida, ou o primeiro pai, apascentador de ovelhas.

— Veja o seu mundo, em que se transformou. Ele está morrendo, e vai nos levar com ele! Como aquela gaivota, uma viagem cortada em pleno voo.

⁂

Ela pensou: "Haveria alguma coisa mais branca que dentes? Hein? Mármore? Pérola? Dente é de pérola? De mãe pérola?"

Achou o pensamento engraçado, para quebrar a tensão das longas horas de espera, e perguntou-lhe:

— Há alguma coisa mais branca do que dente?

E sorria-lhe, com os dentes à mostra, como um cabritinho, como quando iam juntos deitar-se no gramado do parque.

Ele estava mórbido, e sua voz soou metálica.

— Tem. Branco de olho.

O sorriso dela morreu nos lábios. "Sórdido, sórdido — pensou —, como o odeio." Mas no fundo sabia que seu ódio não era contra ele, e sim contra o mundo, este mundo odiento que teimava em acabar com a regra do tempo.

Dali em diante tudo se passou como num sonho.

A linha retesou-se, sem dúvida puxada por algum peixe forte. Ele despertou do estado de depressão e inércia, atirou-se sobre a vara, dando linha. Os dois sentiam-se de repente mais unidos, devido à emoção em comum.

— Eu não disse? Eu sou pescador! Mordeu direitinho, o malandro!

Os momentos seguintes foram de emoção. Depois de dias de imobilidade, os músculos ficaram tensos de repente. Que peixe seria? Que importa? Era comida. (Ela pegaria o livro novo de receitas, que nem chegara a experimentar).

— Ele está cansando!

Ele começou a puxar a linha com cuidado — mas suas mãos tremiam, ela podia notá-lo. Ele sabia, mas não tentou evitar. Ele todo tremia, os braços, o estômago, a barriga da perna. Os dentes batiam.

— Não deixe a linha arrebentar! Não deixe! — E ela se surpreendeu com o som estridente da própria voz. E agora ela, também, tremia. As mãos estavam rijas e escorregadias de suor, segurando com força a fazenda da bermuda. Na ponta dos pés, dava saltos, tentando avistar mais longe do que seus olhos alcançavam.

Finalmente veio o peixe, a pesca, o alimento. Ele o puxou para a areia.

Incompreensão. Um instante se passou.

Não era um peixe.

Era uma cornucópia.

Ela estremeceu. Lembrou-se do trecho de algum livro: “Quando chegasse a manhã, derramando da sua inesgotável cornucópia a luz dos trópicos, haveria ali apenas um monte de cinzas”, e teve um arrepio.

Da cornucópia não surgiam nem uvas, nem maçãs ou jasmins, nem prendas açucaradas ou gotas de leite gordo de cabra, ao sol da manhã. De sua abertura torneada, de cor pérola, via-se o prenúncio de vastos compartimentos — só labirintos, espelhos, sótãos e alçapões. Era uma cornucópia completa, contendo todos os segredos do mundo — era o próprio mundo em construção que ela continha em seu bojo.

Eles se entreolharam. Valeria a pena entrar? Uma exploração pela gigantesca cornucópia os levaria a algum lugar? Ou ao vazio? Mas não se indagaram muito. Ele lhe deu a mão, a forte mão de puxar a linha, e os dois entraram juntos, ansiosos, naquele mundo redondo e translúcido, iluminado apenas pela luz perolada que se coava pela superfície das paredes da cornucópia — uma luz de angústia e desespero, muito próxima do estertor da morte.

A luz logo se tornou difusa, e eles penetraram numa sala decorada ao gosto da Idade Média. Tapetes Lurçat representando "unicórnios madrugando" e cenas bucólicas em bosques e lagos dependuravam-se sobre tapetes orientais, que recobriam todo o chão. Deslumbraram-se com os espelhos de moldura dourada, que refletiam mesas de enorme extensão repletas de castiçais, travessas, compoteiras, bandejas de prata e ouro lavrado. Pesadas cadeiras de espaldar alto dispunham-se vazias ao redor dessas compridas mesas.

— Vamos, esta escada deve levar a algum lugar — disse ele, puxando-a pela mão.

Desceram uma escadinha incômoda, em caracol, iluminada apenas por uma réstia de luz que penetrava por um pequeno vitral, ao que parece percorrendo uma voluta mais interna da concha. Reflexos verdes, vermelhos, amarelos projetavam-se na madeira do corrimão da escada, provocando nela arrepios e uma absurda sensação de escorpiões. Os degraus, muito estreitos, ameaçavam ruir, apodrecidos pelo tempo. À medida que venciam as voltas da escada em parafuso, o ar ganhava alguma coisa de frio e mofado, como se baixassem a uma adega.

— Cuidado! — ele se deteve, diante dela. Seu pé afundara no chão, entre as tábuas apodrecidas. — O chão está cedendo. Veja, é um alçapão — disse ele, levantando o pedaço quadrado de madeira, que agora tinha uma estrela no lugar onde afundara o pé. Atrás dele, ela não via nada.

Ele se abaixou e pareceu deslumbrado com alguma coisa que descobrira:

— Venha, é maravilhoso!

— Não será perigoso? Não é melhor voltarmos?

— Para onde? — ele lhe cortou a pergunta. — Pode haver algo pior do que não tentar?

"Desfazer o feito já é, em si, um desfeito" — ficou ela a repetir-se absurdamente, sem encontrar nexo nessas palavras, mas com muito medo de olhar para trás. Então um medo quente lhe queimou a barriga, enquanto se repetiam as palavras do velho Guimarães, agora com um sentido novo: "Viver é muito perigoso".

Ao penetrar no outro cômodo, ela quase desmaiou. Diante dela estava um ancião terrivelmente vasto e alto, sentado numa ampla cadeira de braços, o cenho franzido e o rosto enrugado, como se os esperasse há centenas de anos.

— Aonde vão, crianças? — tonitruou ele.

Ela não conseguiu responder. Paralisada, notou apenas que a sala era despojada, tendo um catre e duas cadeirinhas a um canto e uma janelinha com grades e cortinas rendadas — a única falsa saída.

— Estamos pesquisando este lugar — respondeu ele tardiamente.

— Vocês precisam entender que isto aqui não é lugar para pesquisas, meus filhos. — (E a sala, segundo pareceu a Inês, estremeceu como treinada ao som possante daquela voz). — Esta sala é um modelo da vida. E a vida não se pesquisa, vive-se.

— Mas nós precisamos achar a saída — disse ela, timidamente.

— A saída? Para onde? Do quê?

— É que o senhor não sabe como estão as coisas no mundo lá fora — ela falou, sentindo-se uma criança muito pequena diante das barbas grisalhas de um avô que lhe contasse histórias da Carochinha.

— Mas esta sala é o mundo de vocês agora.

— Mas nós não queremos este mundo, queremos sair dele e de tudo — disse ela, sentindo-se imediatamente irracional, uma sensação bem estúpida e feminina, embora soubesse que tinha razão.

— Sair para onde? Toda saída leva a algum lugar — logo, não é saída, é entrada —, de modo que tanto faz sair como permanecer aqui. Vocês estão procurando alguma coisa impossível.

— Então, qual é a solução? — perguntou ele, já irritado.

— Bem, senão vejamos. Vocês pesquisaram tanto, como diz você, e o que descobriram? Um mundo dentro de outro mundo. Mas, ainda assim, não aprenderam a lição, que no caso é de vida, e tentaram continuar pesquisando.

— Sim, e encontramos a saída — interrompeu-o —, pois esta sala deve levar a algum lugar.

O velho esboçou um sorriso, e seu olhar se tornou opaco, fixando-se num ponto distante, como se já não estivesse ali.

— Há alguns anos, ou séculos, talvez — continuou ele —, quando eu vivia entre vocês, ou seus antepassados, encontrei certa vez um livrinho do qual já devem ter ouvido falar: *O manuscrito de Saragoça*. Pois este livro relata a história de um homem que inicia uma estranha viagem pela inóspita região de Sierra Nevada, na Espanha. Lá ele se perde, sendo continuamente possuído por encontros e encantos demoníacos, à moda dos contos fantásticos japoneses. Finalmente, esperançoso de se ver livre daquela situação assustadora, em que sempre retornava ao ponto de partida, sem conseguir fugir dali, é convidado a um banquete em que cada conviva é obrigado a contar uma história. Lançado de história em história, começa um pesadelo de enredos, em que se torna personagem dos enredos do passado dos outros, com novos horrores sempre povoados de mortos e falsas miragens. Quando pensa poder libertar-se, um novo enredo o atira nas ruas de uma cidade, do outro lado da região de Saragoça que tencionara atingir. Ali encontra duas moças bem-vestidas, mirando-se num espelho. Neste espelho, contudo, vislumbra seus rostos e percebe que eram as duas personagens da primeira história! Então, começa a relatar a alguém sua estranha história — e assim por diante. Acho que vocês compreenderam que esta é a história do mundo, meus amigos.

— Cale-se, velho bolorento, ou lhe racho a cara! — Hélio ia atirar-se sobre o ancião, mas foi impedido por Inês.

— Pare com isso! — ela lhe gritou, agarrando-o e fincando nele suas unhas afiadas.

Hélio se atirou, então, à janela de grades, mas, por mais que a sacudisse, ela não cedia. Segurava-se à armação de ferro, forçando-a sem resultado. E, durante todos esses movimentos frenéticos, Inês ouvia às suas costas, sem ousar voltar-se, as gargalhadas do velho, que silvavam como balas nas paredes do pequeno cômodo.

Mas quando, finalmente, a grade se partiu, devido à ferrugem, ergueu-se uma nuvem de poeira e caliça, transformando o velho num véu de pó, enquanto sua barba continuava a balouçar na sala, flutuando junto com sua tonitruante gargalhada de trovão.

Sufocando, desesperada por ter-se desgarrado de Hélio, devido à caliça que invadiu todo o quarto, tornando o ar irrespirável, Inês por fim percebeu que se tratava novamente de tomar uma decisão. Ficar ali ou tentar o desconhecido; só que o caminho de volta se tornara impossível.

Apertou-se pela pequena abertura da janela, abrindo passagem por entre as paredes ainda denteadas com as grades ameaçadoras. Esgueirando-se com dificuldade, temeu que, de um momento para outro, elas voltassem a se cerrar, e, sem tirar delas os olhos, tentava esgueirar-se por elas com esforço, quando viu que estava deitada na areia fria. Anoitecera. Hélio permanecia colado à vara de pesca. As estrelas brilhavam, frias, com a eterna luz indiferente das estrelas — e ela soube então que estas eram a única coisa que não mudaria no mundo. Levantou-se, assustada, lembrando-se:

— Ouça, ouça — disse, sacudindo-o. — Tive uma revelação terrível, que explica o fim de tudo: quando amanhecer, quando amanhecer, "derramando da sua inesgotável cornucópia a luz dos trópicos, haveria ali" — mas conteve-se, gelada, ao se dar conta, então, de que tudo não passara de um sonho, de que não havia cornucópia alguma, nem promessa de amanhecer. Mas ele nem dera por sua abrupta intervenção. Mergulhado em si mesmo, como sempre. Então, ela lhe deu as costas, sentindo, de repente, muito frio, e caminhou devagar para a casa, sabendo-se sozinha.

⁂

Na manhã seguinte, Hélio, o cenho franzido, com o rádio colado ao ouvido, teve um sorriso. Lembrou-se da mulher. Levantou-se e foi até Inês, com olhar incendiado:

— Veja que interessante. Olhe as ondas que o rádio pega aqui.

O rádio fazia piiii, uuuiii, transpiii — e o som se diluía em gritos e sussurros guturais, num gemido eletrônico de máquina ferida na imensidão solitária do espaço. Ela teve um arrepio:

— Que horror.

— Por quê? Você não *curte* um som?

— Sozinhos, sozinhos, sozinhos.

— Você sempre tem de ser a desmancha-prazeres. Não se pode brincar.

— Sim, brincar com o desespero. É isso o que você quer, os dois pobres perdidos na noite eternamente vazia, mergulhados numa brincadeira mórbida. A necessidade de escarnecer de nosso próprio...

— Olhe, quer saber de uma coisa? Não suporto mais a sua presença, você pode entender isso? Nem perto de mim, nem dentro desta casa, nem neste universo todo há lugar bastante para nós dois, você sabia? Prefiro a solidão total, ser o único indivíduo no mundo, a ter você aqui do meu lado, me parafusando a cabeça o tempo todo, para me fazer pensar, você entendeu bem? — gritou Hélio.

Talvez fosse melhor a indiferença de antes? Mas agora é tarde.

⁂

Ela não suportou mais.

Afastar-se da casa era extremamente perigoso, viver é extremamente perigoso, ela se repetia, extremamente, enquanto seus passos (mais do que ela) a levavam a atravessar as redes de pesca abandonadas, a areia não pisada, até a orla da praia, e ainda além. Redes cruzadas em seu caminho (meu Deus, há quanto tempo, há quanto tempo eles não estavam mais ali, reparando os furos, reatando os nós e fios rompidos) — um, dois, um, dois, faziam seus passos afundarem-se marcialmente na areia, esmigalhando as malhas já inúteis, tecidas com tanto carinho, por tantas mãos, por tantos olhos, por tantos dias.

Era de manhã. O sol, indefinível, pelo menos estava no céu. Uma presença acima de sua cabeça, observando-a, acompanhando-a, seguindo-a, enquanto ela se distanciava, cada vez mais, da casa.

Os nós do bambu a fascinavam, talvez a espinha a fascinasse, ou as gentes vivas, mas ela não queria saber do fascínio, e sim caminhar pela areia quente, esquecer que um dia existira avenida homem peixe e espinha dor sal a fonte de todo pensamento, que ela já não era mais. Era um feixe compacto de sentimento, mesclado de imagens selvagens e brancas: a areia, a água revolta, o céu sobre a cabeça, as lembranças soterradas no fundo da areia da praia, a sensação pesada e triste de que estava só.

Caminhava, caminhava, já sem pensamentos, felizmente. Era apenas um conjunto de braços, pernas, mãos, agitando-se ritmadamente, num exercício arcaico, aprendido na era das cavernas, quando os homens engatinhavam para fora, buscando a luz da manhã. E, à medida que avançava, transformava-se na sua própria sensação. Como era bom sentir o próprio corpo, como se pensar não houvesse — e nem sabia se continuava a pensar em algum canto do seu cérebro — como se existissem apenas o ritmo, o rastro, a rota, a areia.

Até que o azul do mar já não era mais que a lembrança do azul, pois continha o verde, o amarelo, e o vermelho e o roxo, mas ainda assim era mar, e começou a atraí-la. Enquanto seus passos faziam um, dois, agora mais levemente, e seus pés pisavam a areia dura e molhada da beira-mar, aos poucos foi se impregnando da distância de tudo (e ele ainda era tudo, no momento), tornando-se cada vez mais cônscia da sua solidão.

Deteve-se um instante. Olhou para trás. Muito ao longe estava a casinha branca, doce e mansa no final da praia, espreitando o fim. Não era hora de maré alta, quando o mar antecipa o tempo e decide terminar mais cedo a réstia de areia que forma a orla marinha. Mas não queria pensar nisso agora. Queria amar o andar pela areia.

Seus passos — um, dois, mecânicos, elásticos, um exercício de exercício, um treino de prática, um esboço de plano — passavam pela areia como linha esticada por mãos delicadas — uma Ariadne que conduzia a si própria para outra Ariadne, só que em direção inversa a Teseu, no fim do horizonte e a futuro nenhum.

Ao longe se delineavam algumas casuarinas, demarcando o que outrora fora considerado o marco da distância. Homens pensavam em vencer o obstáculo, dizendo: "Hoje andei até as casuarinas" ou "Fomos pescar depois das casuarinas."

Pedaços de frases lhe chegavam aos ouvidos, vindos do fundo do inconsciente, uma ilha de memória dentro de si: "*Life is but a dream*", que se diluíam ao vento: "*Merrily, merrily, merrily... life is... but a dream...*", até que todo pensamento se dissolveu nos grãos de areia que esmigalhava aos pés — uns pés enormes, que cresciam de importância à medida que caminhava — junto com a sensação de "meu Deus, obrigada por me terdes dado pés, que me levam ao longe, ao perto, ao nada, ao nenhum lugar."

Veio uma onda bater-lhe quase aos ombros — e ela percebeu seus ombros. Então começou: como a onda, o vento, o esporte do amor, uma brisa calma, seca e suave a enganar seus sentidos, de que ali tudo era amor. Como se não conhecesse os agrestes da praia, da areia virgem, da natureza árida. Ela só tinha na ideia amar. E mal sabia, em se afastando, se amaria.

Como uma onda, varou-a uma sensação de ser, de andar, de poder. Agarrou-se à areia, sentindo-a interminavelmente, tocando-a com os lábios e mastigando-a entre os dentes. Alguma coisa em seu corpo renascia. Transbordava de vida para a existência plena de areia, excludente de cimento, pedra e cal.

As ondas quebravam na praia, vermelhas com o sangue dos peixes mortos, mas com muito de roxo e amarelo. Mas as cores não se misturavam, não se confundiam. Como baldes e baldes de tinta atirados na água por algum pintor impostor de cem metros de altura. No alto, gaivotas brancas de peito amarelo alçavam voo e tiravam rasantes no mar, subindo e descendo ao léu, num movimento único, com o vento forte — e por fim despencavam, num só mergulho, para sempre, no mar.

Mais uma vez lhe voltava a sensação do corpo, mesmo dorido, de existir sendo, e de voltar amando, à matéria primeira, o ser. Sob o véu de espuma do mar que cobria toda a praia, névoa inexplicável, sentiu subir pelo seu corpo uma onda de reconhecimento.

Deliciou-se com a sensação de agarrar a areia, deixá-la escorrer entre os dedos longos, segurar a água e tornar a pegar na areia. "*There are times when the sea gambles against the cask like an enraged shark*" — inventou.

Sentindo nas mãos o calor da areia, percebendo, ao longe, a perder de vista, o mar, sabendo, finalmente, que já não tinha dentro de si nenhum pedaço do mundo, gozou plenamente, uma, duas vezes — pois, por fim, completara o eterno abraço com a essência de si-mesma.

***

Ele abriu a geladeira e descobriu que estava desligada.

— Merda! — disse, por hábito, e dirigiu-se à chave geral da casa. Mas logo verificou que o fusível estava em ordem, o problema era falta de corrente elétrica. Voltou à cozinha, fingindo para si mesmo (como tinha se acostumado a fazer) que nada acontecera. Abriu a geladeira e retirou uma caixa de morangos da prateleira de alumínio.

Segurou a caixa plástica com a mão direita, lavando-os um a um, meticuloso — como era seu hábito — com o jeito preciso de engenheiro quântico acostumado a décimos de segundo. Assustou-se. Sua mão estava vermelha. Malditos morangos. Ficaram na geladeira desligada e tinham amadurecido demais com o calor. Agora se desmanchavam num sumo vermelho gosmento. Normalmente, não se preocuparia com isso, mas agora — era a última coisa que restava para comer.

Os morangos se liquefaziam rapidamente, num sumo viscoso, mas ele não interrompeu a operação. Estava como que hipnotizado, tentando perceber não sabia o quê, talvez a causa de tudo, enquanto olhava seu último alimento desmanchar-se em água vermelha.

De repente esticou a mão e foi tomado de horror, os olhos fixos na palma de dedos estendidos.

— Meu Deus, meu Deus! — esboçou um gesto, estarrecido. — Oh, meu Deus! — Cambaleando, apoiando-se às paredes, aos móveis, entregou-se ao desespero, enquanto se encaminhava ao banheiro.

— Por quê, por quê? Como podia ser isso? — Seu cérebro não parava de maquinar pensamentos a uma velocidade eletrônica. Como se fizesse sentido descobrir a causa. — Causalidade mórbida: seriam os morangos? — continuava. — Não, não! Tinha-os comprado junto com o queijo, os ovos, os legumes, a carne... Era a água! Sua cabeça explodiu em centelhas elétricas em todas as direções. E borbulhava de emoções controvertidas, que o faziam perder o ar.

— Os isótopos de estrôncio! A água está radioativa! — falou alto, horrorizado com o som da própria voz, de repente demasiado humana, as últimas sílabas ecoando nos labirintos do tímpano, mandando mensagens redundantes ao cérebro, ecoando as palavras "ativa, ativa, ativa", ativando as células cansadas.

Também seu rosto estava cansado, tenso, enrugado, e ele se sentia envelhecido, como carregando todos os pecados do mundo. "Por que tinha que ser o último, Senhor?" — se maldizia, esquecido de que há pouco pedira para sê-lo.

Num arremesso esforçado, alcançou a pequena caixa de primeiros-socorros na prateleira do banheiro, a "mais fiel, a mais tradicional, a melhor para toda a família", e retirou o vidro de mertiolato. A dor se tornava mais aguda agora, quase insuportável, nas chagas dos dedos, onde o sangue porejava. Em alguns lugares, não mais que uma fina pele recobrindo as falanges, os ossos dos dedos apontando rijos como cotos espetando inúteis.

Foi com dificuldade que ergueu o vidro com a mão esquerda e tentou passar o remédio pelas feridas dos dedos, mas o vidro de repente escorregou, indo espatifar-se no chão do banheiro, vermelho contra vermelho, submergindo, até desaparecer, na sua própria cor.

Por sua cabeça passavam terríveis imagens: os operários da firma de computadores na fila para receberem medicamentos — seres amputados, exangues, os corpos queimados, mãos enfaixadas com dedos faltando, ossos e articulações expostos, olhos cobertos de crostas de sangue coagulado, e o cabelo rareando de um lado só da cabeça, como canibais deslocados no tempo e no espaço. Mas não ia se desesperar, ai, ai, não ia.

Todo o corpo tremendo, pegou com muito cuidado o vidro de soporífero, que felizmente estava mal fechado, e o derramou na boca, segurando-o com firmeza com o que restava de intato em suas mãos — enquanto uma coceguinha corria por seu antebraço, escorregava pelo cotovelo e desprendia-se, indicando que o sangue começava a pingar grosso no chão.

Deitou-se no sofá e cobriu-se com um lençol que puxou de uma das camas. Fechou os olhos e, pouco depois, sonhava com uma aranha mãe que tecia placidamente sua teia gigante de intricado tecido fino, num mundo desmesurado de bichos-insetos mirabolantes, que trocavam de cor e de forma, caleidoscopicamente, e era já como a visão de uma nova realidade.

E, pela última vez, pensou no nome dela: Inês. E, por fim, no seu próprio nome: Hélio.

Depois deixou-se enredar na teia do sono, o eco da última palavra pensada a dirigi-lo para o tecido da penúltima palavra pensada, através do labirinto instável dos fios transparentes de uma linguagem crescentemente nebulosa — em busca da metamorfoseada aranha bojuda, que o incitava ao amor com os braços tentaculados bem abertos. Mas ele hesitava, pois sabia que este seria o último ato de amor, o último abraço, enquanto seu instinto ao mesmo tempo o excitava ao delicioso sacrifício, indispensável à propagação da espécie — quando ela, ampla, fértil, maternal, desse à luz os milhões de ovos dos novos seres que se espalhariam pelo planeta.

⁂

Devorando tudo o que encontrava pela frente, tinha aprendido o prazer das pequenas coisas. Sua mente quase não oscilava mais entre o bem e o mal, nem se perdia em pensamentos inúteis. Tudo se concentrava na meticulosa capacidade de agarrar os grãozinhos de areia, ou outra matéria qualquer, erguê-los entre as patas até a altura da boca e colocá-los dentro da fantástica mandíbula, capaz de transmolecular todo alimento com que tivesse contato.

Sentia um estranho poder, como se possuísse o organismo mais perfeito. Apoiada no chão em duas patas, segurava com outras duas os grãos de areia, fragmentos de concha, ossinhos estilhaçados, e já as duas restantes alisavam a areia em busca de mais alimento, para que a atividade alimentar não parasse nem por um instante. Aquela forma de polvo era-lhe extremamente conveniente, e isso a deliciava. Em cima, na parte central, ficavam o cérebro superpotente, os olhos dotados de poderosas lentes moleculares multifacetadas, um único ouvido, o nariz e a boca, esta responsável por verdadeiros milagres alimentares — tais como digerir areia. Embaixo, na parte central, ficava uma abertura úmida e peluda, extremamente fascinante ao macho, capaz de despertar-lhe o apetite sexual a muitos quilômetros de distância, com o simples olfatar da substância viscosa que a impregnava e a umedecia.

Enquanto comia, pensava, com seu cérebro privilegiado, que enfileirava argumentos sob todos os ângulos em questão de segundos. Toda a energia necessária para sua sobrevivência fazia--se através da boca, que a retirava de toda a matéria circundante, num fluxo energético contínuo entre uma substância e outra, de modo direto e intercelular.

Qualquer desgaste de suas células, ou mau funcionamento de seu portentoso organismo era automaticamente recambiado por aquela absorção contínua de moléculas. Bastava a sensação de fome, que na verdade era mais psíquica que real, e já se iniciava a retroalimentação, que se prolongava até o retorno ao funcionamento orgânico estável. A Forma Ideal.

Sentia-se mergulhar na narcísica admiração de si mesma. O Ser Perfeito. Que buscava outro ser: esta era a única lei, além da sobrevivência, a que estava subordinada, como uma herança depositada em suas células por muitos milhões de existências, desde o primeiro albor do Ser.

Já pressentia em si a total superação de si mesma. Pois, tendo vencido a necessidade de procurar comida —, e ao mesmo tempo qualquer temor primitivo de um inimigo, que poderia facilmente deglutir —, agora sentia sua outra necessidade, não menos básica e primitiva. A de reproduzir-se, mas já aperfeiçoada através de séculos de vida e das muitas espécies de formas diferentes que a precederam.

Finalmente atingira a forma mais perfeita e a mais sutil e elaborada capacidade funcional, que unia todas as anteriores, num fio brilhantemente iluminado por sua Inteligência. Nenhum gesto desperdiçado, nenhum movimento inútil. Tudo era perfeitamente medido e dosado por seu cérebro, visando ao melhor rendimento e à mais satisfatória execução. Um cérebro frio e útil, capaz dos mais minuciosos cálculos, mas também dotado de todas as nuanças psicológicas da paixão. O Ser Perfeito. Que pensava e amava visando à mais exigente perpetuação da espécie e à mais vigilante sobrevivência do organismo. Ela se amava. E agora buscava outro ser. Sentia que podia dar-se, buscar outra forma que a completasse, psíquica e emotivamente — para se combinar com o Raciocínio Perfeito. Lado a lado com o outro Ser, seriam imbatíveis dentro do seu mundo, fortes como uma rígida corrente, sensíveis para si e agressivos contra toda forma estranha a eles.

De repente interrompeu seu Pensamento. Suas moléculas cerebrais captavam alguns sinais enigmáticos. De início não conseguiu decifrá-los, e todo o seu ser começou a buscar um sentido, um detalhe que servisse de chave para aquela estrutura. Porque tinha certeza de que tinha a capacidade de captá-la, mas de alguma forma era uma habilidade inadaptada e primitiva, ainda incipiente — e que, portanto, seu cérebro vigilante a comandava a exercitar.

As patas estavam distendidas em toda a sua extensão — seu corpo, formado de uma couraça negra e rígida, inclinava-se para o alto e para frente para se movimentar, como se a qualquer momento fosse lançar-se num salto. Sentia-se percorrida por um constante agulhar de pontinhos que se moviam com incrível rapidez — um sinal de que a energia despertada pela tensão percorria seu corpo como um fluxo constante, passando de uma molécula a outra num movimento matematicamente ritmado. Mas a inteligência, formada pelas células mais especializadas do alto da cabeça, enviava ordens curtas e ininterruptas às moléculas do corpo para que parassem de vez com aquilo. Não era conveniente que se deixasse absorver a tal ponto pelas suas paixões e assim atrapalhasse a função do cérebro, ou talvez mesmo a impedisse de aprender a captar a estranha mensagem. Pois agora, devido à regularidade com que chegavam as emissões energéticas, tinha a certeza de que um outro ser buscava se comunicar com ela.

⁂

Tendo erguido a cabeça o mais que pôde e esticado as pernas como se quisesse ultrapassar a si mesma — as células da sua boca entreaberta indicavam intensa atividade e o nariz se concentrava na sua função de olfatar. Inúmeras sensações percorriam o resto do seu corpo, provocando um delicioso rebuliço energético dentro de si. Ao mesmo tempo que exultava com a sensação revivificante causada por aquele cheiro nunca dantes cheirado, mas de algum modo sempre pressentido, num esforço inaudito, sua forma buscava se comunicar com o outro ser.

Embora não conhecesse cansaço, pois, pelo processo de realimentação, a qualquer momento poderia refazer a energia das células fatigadas, toda aquela tensão a fazia temer desgastar-se até um ponto indesejável para o Perfeito Funcionamento da Forma. Assim, as células cerebrais enviaram às demais células do corpo uma ordem sucinta para que pusessem fim ao excesso de emoção que a impedia de se concentrar unicamente no esforço de estabelecer contato.

Essa capacidade, ela aos poucos a adquiria, mas, na premência do momento, especializava-se rapidamente, com visíveis progressos. Se, de início, mal emitia a resposta certa ao maravilhoso odor que vinha de muitos quilômetros de distância, agora já atingia uma tal concentração mental que dificilmente deixaria de se comunicar com o outro ser pela sua energia irradiada.

Quando lhe pareceu que já tinha se feito entender, surgiu a dúvida se realmente se tratava de um ser da mesma espécie, pois não recebia nenhuma emissão-resposta. Neste caso — e agora a sensação não foi nada agradável — toda a sua tentativa de estabelecer contato ficaria frustrada.

A única solução seria adquirir por ingestão as células daquele outro ser vivo — e uma pequena fricção energética percorreu todo o corpo — para criar outro ser igual a ela, e isso não seria de modo algum desagradável, mas não o ideal. Contudo, não queria acreditar nisso. Necessitava basicamente de um outro organismo vivo da mesma espécie que formasse com ela uma única cadeia vital, um outro Ser Perfeito com que se associasse, num equilibrado trinômio: Inteligência-Amor-Sobrevivência.

***

Duas patas longilíneas avançavam devagar, e duas patas longilíneas responderam ao lento apelo. A energia desprendida ao primeiro contato se transformou numa forte descarga atômica, que se espalhou ao longo da areia, provocando contínuas transformações em cadeia, num universo de formas cambiantes como camaleões.

Uma das formas esticou a pata tentacular até o mar, numa convulsão que guardava uma semelhança milenar com um feroz animal ferido: leão que se estira, atingido pela flecha primitiva que parte da corda tensa no arco, ou pelo amor.

Mas não era uma convulsão de dor, e sim de intenso prazer que o contato do outro ser provocava, ao acordar a imensa carga atômica da qual aqueles dois seres basicamente eram formados. Aquilo era o amor: um fluxo que transpunha, em grande velocidade, a barreira entre uma forma e outra, rompendo-a, e apagava todo pensamento, deixando o cérebro entorpecido para tudo o que se passasse à sua volta. Uma busca milenar do Amor Perfeito, finalmente encontrado através de um desfiar interminável de gerações lutando na procura do outro.

Ao longe, uma tromba de areia partiu do fundo do mar e se ergueu a 500 metros de altura, atirando a água a enorme distância, junto com carcaças de peixes, vísceras de pássaros, conchas e estranhas substâncias amorfas. Um cheiro putrefato desprendia-se dos esqueletos de pequenos animais — restos de formas vivas. O chão parecia estremecer com um ininterrupto remexer de formas em constante mutação. Seres gelatinosos e alongados deslizavam pela areia verde, necessitando muito pouco para sua autoconservação. Pequenas formas arredondadas rolavam em todas as direções, e logo voltavam a reunir-se numa bolota só, como crianças brincando na praça que corressem para junto da mãe.

No mar, intensamente vermelho e fosforescente, incidiam, inclinados, os últimos raios azulados do sol que se punha.